FOLIO SCIENCE-FICTION

Herbert George Wells

La Machine à explorer le Temps

Traduit de l'anglais
par Henry D. Davray

Mercure de France

Titre original :

THE TIME MACHINE

Avec Jules Verne, Herbert George Wells (1866-1946) est un des pères fondateurs de la littérature de science-fiction, dont il abordera, souvent en pionnier, nombre des thèmes fondamentaux : le voyage temporel dans *La Machine à explorer le Temps*, les manipulations biologiques avec *L'Île du docteur Moreau*, les pouvoirs surhumains avec *L'Homme invisible* ou les invasions extraterrestres dans *La guerre des mondes.*

Socialiste convaincu, H. G. Wells a cherché dans ses écrits à développer un point de vue moral sur la question du progrès scientifique et technologique. Il a ouvert la voie d'une science-fiction véritablement adulte, donnant au genre certains de ses plus immortels chefs-d'œuvre.

CHAPITRE PREMIER

INITIATION

L'Explorateur du Temps (car c'est ainsi que pour plus de commodité nous l'appellerons) nous exposait un mystérieux problème. Ses yeux gris et vifs étincelaient, et son visage, habituellement pâle, était rouge et animé. Dans la cheminée la flamme brûlait joyeusement et la lumière douce des lampes à incandescence, en forme de lis d'argent, se reflétait dans les bulles qui montaient brillantes dans nos verres. Nos fauteuils, dessinés d'après ses modèles, nous embrassaient et nous caressaient au lieu de se soumettre à regret à nos séants ; il régnait cette voluptueuse atmosphère d'après-dîner où les pensées vagabondent gracieusement, libres des entraves de la précision. Et il nous expliqua la chose de cette façon — insistant sur certains points avec son index maigre — tandis que, renversés dans nos fauteuils, nous admirions son ardeur et son abondance d'idées pour soutenir ce que nous croyions alors un de ses nouveaux paradoxes.

« Suivez-moi bien. Il va falloir me discuter une

ou deux idées qui sont universellement acceptées. Ainsi, par exemple, la géographie qu'on vous a enseignée dans vos classes est fondée sur un malentendu.

— Est-ce que ce n'est pas là entrer en matière avec une bien grosse question ? demanda Filby, raisonneur à la chevelure rousse.

— Je n'ai pas l'intention de vous demander d'accepter quoi que ce soit sans argument raisonnable. Vous admettrez bientôt tout ce que je veux de vous. Vous savez, n'est-ce pas, qu'une ligne mathématique, une ligne de dimension nulle, n'a pas d'existence réelle. On vous a enseigné cela ? De même pour un plan mathématique. Ces choses sont de simples abstractions.

— Parfait, dit le Psychologue.

— De même, un cube n'ayant que longueur, largeur et épaisseur, peut-il avoir une existence réelle ?

— Ici, j'objecte, dit Filby ; certes, un corps solide existe. Toutes choses réelles...

— C'est ce que croient la plupart des gens. Mais attendez un peu. Est-ce qu'il peut exister un cube *instantané* ?

— Je n'y suis pas, dit Filby.

— Est-ce qu'un cube peut avoir une existence réelle sans durer pendant un espace de temps quelconque ? »

Filby devint pensif.

« Manifestement, continua l'Explorateur du Temps, tout corps réel doit s'étendre dans quatre directions. Il doit avoir Longueur, Largeur, Épaisseur et... Durée. Mais par une infirmité naturelle de la chair, que je vous expliquerai dans un moment, nous inclinons à négliger ce fait. Il y a en réalité quatre dimensions : trois que nous appelons les trois plans de l'Espace, et une quatrième : le Temps. On tend cependant à établir une distinction factice entre les trois premières dimensions et la dernière, parce qu'il se trouve que nous ne prenons conscience de ce qui nous entoure que par intermittences, tandis que le temps s'écoule, du passé vers l'avenir, depuis le commencement jusqu'à la fin de votre vie.

— Ça, dit un très jeune homme qui faisait des efforts spasmodiques pour rallumer son cigare au-dessus de la lampe, ça... très clair... vraiment.

— Or, n'est-il pas remarquable que l'on néglige une telle vérité ? continua l'Explorateur du Temps avec un léger accès de bonne humeur. Voici ce que signifie réellement la Quatrième Dimension ; beaucoup de gens en parlent sans savoir ce qu'ils disent. Ce n'est qu'une autre manière d'envisager le Temps. *Il n'y a aucune différence entre le Temps, Quatrième Dimension, et l'une quelconque des trois dimensions de l'Espace, sinon que notre conscience se meut avec elle.* Mais quelques imbéciles se sont trompés sur le sens de cette notion. Vous avez tous su ce qu'ils ont trouvé à dire à propos de cette Quatrième Dimension ?

— Non, pas moi, dit le Provincial.

— Simplement ceci : l'Espace, tel que nos mathématiciens l'entendent, est censé avoir trois dimensions, qu'on peut appeler Longueur, Largeur et Épaisseur, et il est toujours définissable par référence à trois plans, chacun à angles droits avec les autres. Mais quelques esprits philosophiques se sont demandé pourquoi exclusivement *trois* dimensions — pourquoi pas une quatrième direction à angles droits avec les trois autres ? — et ils ont même essayé de construire une géométrie à quatre Dimensions. Le professeur Simon Newcomb exposait celle-ci il y a quatre ou cinq semaines à la Société Mathématique de New York. Vous savez comment sur une surface plane qui n'a que deux dimensions on peut représenter la figure d'un solide à trois dimensions. A partir de là ils soutiennent que, en partant d'images à trois dimensions, ils pourraient en représenter une à quatre s'il leur était possible d'en dominer la perspective. Vous comprenez ?

— Je pense que oui », murmura le Provincial, et fronçant les sourcils il se perdit dans des réflexions secrètes, ses lèvres s'agitant comme celles de quelqu'un qui répète des versets magiques.

« Oui, je crois que j'y suis, maintenant, dit-il au bout d'un moment, et sa figure s'éclaira un instant.

— Bien ! Je n'ai pas de raison de vous cacher que depuis un certain temps je me suis occupé de cette géométrie des Quatre Dimensions. J'ai obtenu quelques résultats curieux. Par exemple, voici une série de portraits de la même personne, à huit ans, à quinze ans, à dix-sept ans, un autre à vingt-trois ans, et ainsi de suite. Ils sont évidemment les sections, pour ainsi dire, les représentations sous trois dimensions d'un être à quatre dimensions qui est fixe et inaltérable.

« Les hommes de science, continua l'Explorateur du Temps après nous avoir laissé le loisir d'assimiler ses derniers mots, savent parfaitement que le Temps n'est qu'une sorte d'Espace. Voici un diagramme scientifique bien connu : cette ligne, que suit mon doigt, indique les mouvements du baromètre. Hier il est monté jusqu'ici, hier soir il est descendu jusque-là, puis ce matin il s'élève de nouveau et doucement il arrive jusqu'ici. A coup sûr, le mercure n'a tracé cette ligne dans aucune des dimensions de l'Espace généralement reconnues ; il est cependant certain que cette ligne a été tracée, et nous devons donc en conclure qu'elle fut tracée au long de la dimension du Temps.

— Mais, dit le Docteur en regardant fixement brûler la houille, si le Temps n'est réellement qu'une quatrième dimension de l'Espace, pourquoi l'a-t-on considéré et le considère-t-on encore comme différent ? Et pourquoi ne pouvons-nous pas nous mouvoir çà et là dans le Temps, comme nous nous mouvons çà et là dans les autres dimensions de l'Espace ? »

L'Explorateur du Temps sourit :

« Êtes-vous bien sûr que nous pouvons nous mouvoir librement dans l'Espace ? Nous pouvons aller à gauche et à droite, en avant et en arrière, assez librement, et on l'a toujours fait. J'admets que nous nous mouvons librement dans deux dimensions. Mais que direz-vous des mouvements de haut en bas et de bas en haut ? Il semble qu'alors la gravitation nous limite singulièrement.

— Pas précisément, dit le Docteur, il y a les ballons.

— Mais avant les ballons, et si l'on excepte les bonds spasmodiques et les inégalités de surface, l'homme est tout à fait incapable du mouvement vertical.

— Toutefois, il peut se mouvoir quelque peu de haut en bas et de bas en haut.

— Plus facilement, beaucoup plus facilement de haut en bas que de bas en haut.

— Et vous ne pouvez nullement vous mouvoir dans le Temps ; il vous est impossible de vous éloigner du moment présent.

— Mon cher ami, c'est là justement ce qui vous trompe. C'est là justement que le monde entier est dans l'erreur. Nous nous éloignons incessamment du moment présent. Nos existences mentales, qui sont immatérielles et n'ont pas de dimensions, se déroulent au long de la dimension du Temps avec une vélocité uniforme, du berceau jusqu'à la tombe, de la même façon que nous voyagerions *vers le bas* si nous commencions nos existences cinquante kilomètres au-dessus de la surface de la terre.

— Mais la grande difficulté est celle-ci, interrompit le Psychologue : vous pouvez aller, de-ci, de-là, dans toutes les directions de l'Espace, mais vous ne pouvez aller de-ci, de-là dans le Temps.

— C'est là justement le germe de ma grande découverte. Mais vous avez tort de dire que nous ne pouvons pas nous mouvoir dans tous les sens du Temps. Par exemple, si je me rappelle très vivement quelque incident, je retourne au moment où il s'est produit. Je suis distrait, j'ai l'esprit absent comme vous dites. Je fais un saut en arrière pendant un moment. Naturellement, nous n'avons pas la faculté de demeurer en arrière pour une longueur indéfinie de Temps, pas plus qu'un sauvage ou un animal ne peut se maintenir à deux mètres en l'air. Mais l'homme civilisé est à cet égard mieux pourvu que le sauvage. Il peut s'élever dans un ballon en dépit de la gravitation, et pourquoi ne pourrait-il espérer que finalement il lui sera permis d'arrêter ou d'accélérer son impulsion au long de la dimension du Temps, ou même de se retourner et de voyager dans l'autre sens ?

— Oh ! ça, par exemple, commença Filby, c'est...

— Pourquoi pas ? demanda l'Explorateur du Temps.

— C'est contre la raison, acheva Filby.

— Quelle raison ? dit l'Explorateur du Temps.

— Vous pouvez par toutes sortes d'arguments démontrer que le blanc est noir et que le noir est blanc, dit Filby, mais vous ne me convaincrez jamais.

— Peut-être bien, dit l'Explorateur du Temps, mais vous commencez à voir maintenant quel fut l'objet de mes investigations dans la géométrie des quatre Dimensions. Il y a longtemps que j'avais une vague idée d'une machine...

— Pour voyager à travers le Temps ! s'exclama le Très Jeune Homme.

— ... qui voyagera indifféremment dans toutes les directions de l'Espace et du Temps, au gré de celui qui la dirige. »

Filby se contenta de rire.

« Mais j'en ai la vérification expérimentale, dit l'Explorateur du Temps.

— Voilà qui serait fameusement commode pour un historien, suggéra le Psychologue. On pourrait retourner en arrière et vérifier par exemple les récits qu'on nous donne de la bataille de Hastings.

— Ne pensez-vous pas que vous attireriez l'attention ? dit le Médecin. Nos ancêtres ne toléraient guère l'anachronisme.

— On pourrait apprendre le grec des lèvres mêmes d'Homère et de Platon, pensa le Très Jeune Homme.

— Dans ce cas, ils vous feraient coller certainement à votre premier examen. Les savants allemands ont tellement perfectionné le grec !

— C'est là qu'est l'avenir ! dit le Très Jeune Homme. Pensez donc ! On pourrait placer tout son argent, le laisser s'accumuler à intérêts composés et se lancer en avant !

— A la découverte d'une société édifiée sur une base strictement communiste, dis-je.

— De toutes les théories extravagantes ou fantaisistes... commença le Psychologue.

— Oui, c'est ce qu'il me semblait ; aussi je n'en ai jamais parlé jusqu'à...

— La vérification expérimentale, m'écriai-je. Allez-vous vraiment vérifier cela ?

— L'expérience ! cria Filby qui se sentait la cervelle fatiguée.

— Eh bien, faites-nous voir votre expérience, dit le Psychologue, bien que tout cela ne soit qu'une farce, vous savez ! »

L'Explorateur du Temps nous regarda tour à tour en souriant. Puis, toujours avec son léger sourire, et les mains enfoncées dans les poches de son pantalon, il sortit lentement du salon et nous entendîmes ses pantoufles traîner dans le long passage qui conduisait à son laboratoire.

Le Psychologue nous regarda :

« Je me demande ce qu'il va faire.

— Quelque tour de passe-passe ou d'escamotage », dit le Docteur.

Puis Filby entama l'histoire d'un prestidigitateur qu'il avait vu à Burslem : mais avant même qu'il eût terminé son introduction, l'Explorateur du Temps revint, et l'anecdote en resta là.

CHAPITRE II

LA MACHINE

L'objet que l'Explorateur du Temps tenait à la main était une espèce de mécanique en métal brillant, à peine plus grande qu'une petite horloge, et très délicatement faite. Certaines parties étaient en ivoire, d'autres en une substance cristalline et transparente.

Il me faut tâcher maintenant d'être extrêmement précis, car ce qui suit — à moins d'accepter sans discussion les théories de l'Explorateur du Temps — est une chose absolument inexplicable. Il prit l'une des petites tables octogonales qui se trouvaient dans tous les coins de la pièce et il la plaça devant la cheminée, avec deux de ses pieds sur le devant du foyer. Sur cette table il plaça son mécanisme. Puis il approcha une chaise et s'assit.

Le seul autre objet sur la table était une petite lampe à abat-jour dont la vive clarté éclairait en plein la machine. Il y avait là aussi une douzaine de bougies, deux dans des appliques, de chaque côté de la cheminée, et plusieurs autres dans des candélabres, de sorte que la pièce était brillamment illuminée. Je m'assis moi-même dans un fauteuil bas, tout près du feu, et je l'attirai en avant, de façon à me trouver presque entre l'Explorateur du Temps et le foyer. Filby s'était assis derrière lui, regardant par-dessus son épaule. Le Docteur et le Provincial l'observaient par côté et à droite ; le Psychologue, à gauche ; le Très Jeune Homme se tenait derrière le Psychologue. Nous étions tous sur le qui-vive ; et il me semble impossible que, dans ces conditions, nous ayons pu être dupes de quelque supercherie.

L'Explorateur du Temps nous regarda tour à tour, puis il considéra sa machine.

« Eh bien ? dit le Psychologue.

— Ce petit objet n'est qu'une maquette, dit l'Explorateur du Temps en posant ses coudes sur la table et joignant ses mains au-dessus de l'appareil. C'est le projet que j'ai fait d'une machine pour voyager à travers le Temps. Vous remarquerez qu'elle a l'air singulièrement louche, et que cette barre scintillante a un aspect bizarre, en quelque sorte irréel — il indiqua la barre avec son doigt. Voici encore ici un petit levier blanc, et là en voilà un autre. »

Le Docteur se leva et examina curieusement la chose.

« C'est admirablement construit, dit-il.

— J'ai mis deux ans à la faire », répondit l'Explorateur du Temps.

Puis, lorsque nous eûmes tous imité le Docteur, il continua :

« Il vous faut maintenant comprendre nettement que ce levier, si on appuie dessus, envoie la machine glisser dans le futur, et que cet autre renverse le mouvement. Cette selle représente le siège de l'Explorateur du Temps. Tout à l'heure je presserai le levier, et la machine partira. Elle s'évanouira, passera dans les temps futurs et ne reparaîtra plus. Regardez-la bien. Examinez aussi la table et rendez-vous compte qu'il n'y a ici aucune supercherie. Je n'ai pas envie de perdre ce modèle pour m'entendre ensuite traiter de charlatan. »

Il y eut un silence d'une minute peut-être. Le Psychologue fut sur le point de me parler, mais il se ravisa. Alors l'Explorateur du Temps avança son doigt vers le levier.

« Non, dit-il tout à coup. Donnez-moi votre main. »

Et se tournant vers le Psychologue, il lui prit la main et lui dit d'étendre l'index. De sorte que ce fut le Psychologue qui, lui-même, mit en route pour son interminable voyage le modèle de la Machine du Temps. Nous vîmes tous le levier s'abaisser. Je suis absolument sûr qu'il n'y eut aucune supercherie. On entendit un petit sifflement et la flamme de la lampe fila. Une des bougies de la cheminée s'éteignit et la petite machine tout à coup oscilla, tourna sur elle-même, devint indistincte, apparut comme un fantôme pendant une seconde peut-être, comme un tourbillon de cuivre scintillant faiblement, puis elle disparut... Sur la table il ne restait plus que la lampe.

Pendant un moment chacun resta silencieux. Puis Filby jura.

Le Psychologue revint de sa stupeur, et tout à coup regarda sous la table. L'Explorateur du Temps éclata de rire gaiement.

« Eh bien ? » dit-il du même ton que le Psychologue. Puis, se levant, il alla vers le pot à tabac sur la cheminée et commença à bourrer sa pipe en nous tournant le dos.

Nous nous regardions tous avec étonnement.

« Dites donc, est-ce que tout cela est sérieux ? dit le Docteur. Croyez-vous sérieusement que cette machine est en train de voyager dans le Temps ?

— Certainement », dit notre ami, en se baissant vers la cheminée pour enflammer une allumette. Puis il se retourna, en allumant sa pipe, pour regarder en face le Psychologue. Celui-ci, pour bien montrer qu'il n'était nullement troublé, prit un cigare et essaya de l'allumer, sans l'avoir coupé.

« Bien plus, j'ai ici, dit-il en indiquant le laboratoire, une grande machine presque terminée, et quand elle sera complètement montée, j'ai l'intention de faire moi-même avec elle un petit voyage.

— Vous prétendez que votre machine voyage dans l'avenir ? demanda Filby.

— Dans les temps à venir ou dans les temps passés ; ma foi, je ne sais pas bien lesquels. »

Un instant après, le Psychologue eut une inspiration.

« Si elle est allée quelque part, ce doit être dans le passé.

— Pourquoi ? demanda l'Explorateur du Temps.

— Parce que je présume qu'elle ne s'est pas mue dans l'Espace, et si elle voyageait dans l'avenir, elle serait encore ici dans ce moment, puisqu'il faudrait parcourir ce moment-ci.

— Mais, dis-je, si elle voyagait dans le passé, elle aurait dû être visible quand nous sommes entrés tout à l'heure dans cette pièce ; de même que jeudi dernier et le jeudi d'avant et ainsi de suite.

— Objections sérieuses, remarqua d'un air d'impartialité le Provincial, en se tournant vers l'Explorateur du Temps.

— Pas du tout », répondit celui-ci.

Puis s'adressant au Psychologue :

« Vous qui êtes un penseur, vous pouvez expliquer cela. C'est du domaine de l'inconscient, de la perception affaiblie.

— Certes oui, dit le Psychologue en nous rassurant. C'est là un point très simple de psychologie. J'aurais dû y penser ; c'est assez évident et cela soutient merveilleusement le paradoxe. Nous ne pouvons pas plus voir ni apprécier cette machine que nous ne pouvons voir les rayons d'une roue lancée à toute vitesse ou un boulet lancé à travers l'espace. Si elle s'avance dans le Temps cinquante fois ou cent fois plus vite que nous, si elle parcourt une minute pendant que nous parcourons une seconde, l'impression produite sera naturellement un cinquantième ou un centième de ce qu'elle serait si la machine ne voyageait pas dans le Temps. C'est bien évident. »

Il passa sa main à la place où avait été la machine.

« Comprenez-vous ? » demanda-t-il en riant.

Nous restâmes assis, les yeux fixés sur la table vide, jusqu'à ce que notre ami nous eût demandé ce que nous pensions de tout cela.

« Ça me semble assez plausible, ce soir, dit le Docteur ; mais attendons jusqu'à demain, attendons le bon sens matinal.

— Voulez-vous voir la machine elle-même ? » demanda notre ami.

En disant cela, il prit une lampe et nous entraîna au long du corridor, exposé aux courants d'air, qui menait à son laboratoire. Je me rappelle très vivement la lumière tremblotante, la silhouette de sa grosse tête étrange, la danse des ombres, notre défilé à sa suite, tous ahuris mais incrédules ; et comment aussi nous aperçûmes dans le laboratoire une machine beaucoup plus grande que le petit mécanisme que nous avions vu disparaître sous nos yeux. Elle comprenait des parties de nickel, d'ivoire ; d'autres avaient été limées ou sciées dans le cristal de roche. L'ensemble était à peu près complet, sauf des barres de cristal torses qui restaient inachevées sur un établi, à côté de quelques esquisses et plans ; et j'en pris une pour mieux l'examiner : elle semblait être de quartz.

« Voyons ! dit le Docteur, parlez-vous tout à fait sérieusement ! ou bien n'est-ce qu'une supercherie, comme ce fantôme que vous nous avez fait voir à Noël ?

— J'espère bien, dit notre ami en élevant la lampe, explorer le Temps sur cette machine. Est-ce clair ? Je n'ai jamais été si sérieux de ma vie. »

Aucun de nous ne savait comment prendre cela.

Je rencontrai le regard de Filby par-dessus l'épaule du Docteur ; il eut un solennel clignement de paupières.

CHAPITRE III

L'EXPLORATEUR REVIENT

Je crois qu'aucun de nous ne crut alors à la machine. Le fait est que notre ami était un de ces hommes qui sont trop intelligents, trop habiles ou trop adroits pour qu'on les croie ; on avait avec lui l'impression qu'on ne le voyait jamais en entier ; on suspectait toujours quelque subtile réserve, quelque ingénuité en embuscade, derrière sa lucide franchise. Si c'eût été Filby qui nous eût montré le modèle et expliqué la chose, nous eussions été à son égard beaucoup moins sceptiques. Car nous nous serions rendu compte de ses motifs : un charcutier comprendrait Filby. Mais l'Explorateur du Temps avait plus qu'un soupçon de fantaisie parmi ses éléments constitutifs, et nous nous défiions de lui. Des choses qui auraient fait la renommée d'hommes beaucoup moins capables semblaient entre ses mains des supercheries. C'est une erreur de faire les choses trop facilement. Les gens graves qui le prenaient au sérieux ne se sentaient jamais sûrs de sa manière de faire. Ils semblaient en quelque sorte sentir qu'engager leurs réputations de sain jugement avec lui, c'était meubler une école avec des objets de porcelaine coquille d'œuf. Aussi je ne pense pas qu'aucun de nous ait beaucoup parlé de l'Explorateur du Temps dans l'intervalle qui sépara ce jeudi-là du suivant, bien que tout ce qu'il comportait de virtualités bizarres hantât sans aucun doute la plupart de nos esprits : ses éventualités, c'est-à-dire tout ce qu'il y avait de pratiquement incroyable, les curieuses possibilités d'anachronisme et de complète confusion qu'il suggérait. Pour ma part, j'étais particulièrement préoccupé par l'escamotage de la maquette. Je me rappelle en avoir discuté avec le Docteur que je rencontrai le vendredi au Linnœan. Il me dit avoir vu une semblable mystification à Tübingen, et il attachait une grande importance à la bougie soufflée. Mais il ne pouvait expliquer de quelle façon le tour se jouait.

Le jeudi suivant, je me rendis à Richmond — car j'étais, je crois, un des hôtes les plus assidus de l'Explorateur du Temps — et, arrivant un peu tard, je trouvai quatre ou cinq amis déjà réunis au salon. Le Docteur était adossé à la cheminée, une feuille de papier dans une main et sa montre dans l'autre. Je cherchai des yeux l'Explorateur du Temps.

« Il est maintenant sept heures et demie, dit le Docteur ; je crois que nous ferons mieux de dîner.

— Où est-il ? dis-je en nommant notre hôte.

— C'est vrai, vous ne faites qu'arriver. C'est

singulier. Il a été retenu sans pouvoir se dégager ; il a laissé ce mot pour nous inviter à nous mettre à table à sept heures s'il n'était pas là. Il ajoute qu'il expliquera son retard quand il rentrera.

— En effet, c'est pitoyable de laisser gâter le dîner », dit le Rédacteur en chef d'un journal quotidien bien connu ; et là-dessus, le Docteur sonna le dîner.

Le Psychologue, le Docteur et moi étions les seuls qui eussions assisté au dîner précédent. Les autres étaient Blank, directeur du journal déjà mentionné, un certain journaliste et un autre personnage — tranquille, timide et barbu — que je ne connaissais pas et qui, autant que je pus l'observer, ne desserra pas les dents de toute la soirée. On fit à table maintes conjectures sur l'absence du maître de maison, et par plaisanterie je suggérai qu'il explorait peut-être sa quatrième dimension. Le Rédacteur en chef demanda une explication, et le Psychologue lui fit de bonne grâce un rapide récit du paradoxal et ingénieux subterfuge dont il avait été témoin huit jours auparavant. Au milieu de son explication, la porte du corridor s'ouvrit lentement et sans bruit. J'étais assis face à la porte et, le premier, je la vis s'ouvrir.

« Eh bien ! tout de même ! » m'écriai-je.

La porte s'ouvrit plus grande et l'Explorateur du Temps était devant nous. Je poussai un cri de surprise.

« Grand Dieu ! mais qu'arrive-t-il ? » demanda le Docteur qui l'aperçut ensuite.

Et tous les convives se tournèrent vers la porte.

Notre ami était dans un état surprenant. Son vêtement était poussiéreux et sale, souillé de taches verdâtres aux manches ; sa chevelure était emmêlée et elle me sembla plus grise — soit à cause de la poussière, soit que sa couleur ait réellement changé. Son visage était affreusement pâle. Il avait une profonde coupure au menton — une coupure à demi refermée. Il avait les traits tirés et l'air hagard de ceux qui sont en proie à une intense souffrance. Il hésita un instant, ébloui sans doute par la clarté. Puis il entra en boitant, tout comme eût fait un vagabond aux pieds endoloris. Nous le regardions en silence, attendant qu'il parlât.

Il n'ouvrit pas la bouche, mais s'avança péniblement jusqu'à la table, et fit un mouvement pour atteindre le vin. Le Rédacteur en chef remplit une coupe de champagne et la lui présenta. Il la vida jusqu'à la dernière goutte et parut se sentir mieux, car son regard fit le tour de la table et l'ombre de son sourire habituel erra sur ses lèvres.

« Que diable avez-vous bien pu faire ? » dit le Docteur.

L'Explorateur du Temps ne sembla pas entendre.

« Que je ne vous interrompe pas, surtout ! dit-il d'une voix mal assurée, je suis très bien. »

Il s'arrêta, tendit son verre pour qu'on le remplît et le vida d'un seul trait.

« Cela fait du bien ! » dit-il.

Ses yeux s'éclairèrent et une rougeur légère lui monta aux joues. Son regard parcourut rapidement nos visages avec une sorte de morne approbation et fit ensuite le tour de la salle chaude et confortable. Puis de nouveau il parla, comme s'il cherchait encore son chemin à travers ses mots.

« Je vais me laver et me changer, puis je redescendrai et vous donnerai les explications promises... Gardez-moi quelques tranches de mouton. Je meurs littéralement de faim. »

Il reconnut tout à coup le Rédacteur en chef, qui était un convive assez rare, et lui souhaita la bienvenue. Le Rédacteur commença une question.

« Je vous répondrai tout à l'heure, dit l'Explorateur du Temps. Je me sens un peu... drôle. Ça ira très bien dans un moment. »

Il posa son verre, et se dirigea vers la porte de l'escalier. Je remarquai à nouveau qu'il boitait et que son pied frappait lourdement le plancher, et en me levant un peu je pus voir ses pieds pendant qu'il sortait : il était simplement chaussé d'une paire de chaussettes déchirées et tachées de sang. Puis la porte se referma sur lui. J'avais bien envie de le suivre, mais je me rappelai combien il détestait qu'on fît des embarras à son endroit. Pendant un moment mon esprit battit la campagne. Puis j'entendis le Rédacteur en chef qui disait : *Singulière conduite d'un savant fameux* ; suivant son habitude il pensait en titres d'articles.

Et cela ramena mon attention vers la table étincelante.

« Quelle est cette farce ? dit le Journaliste. Est-ce qu'il aurait eu la fantaisie d'aller faire le coltineur-amateur ? Je n'y comprends rien. »

Mes yeux rencontrèrent ceux du Psychologue et ils y lurent ma propre interprétation. Je pensai à notre ami se hissant péniblement dans les escaliers. Je ne crois pas que personne d'autre eût remarqué qu'il boitait.

Le premier à revenir complètement de sa surprise fut le Docteur, qui sonna pour la suite du service — car notre ami ne pouvait pas supporter les domestiques sans cesse présents au dîner. Sur ce, le Rédacteur en chef prit son couteau et sa fourchette avec un grognement ; le personnage silencieux imita son exemple et l'on se remit à dîner. Tout d'abord la conversation se borna à quelques exclamations étonnées ; puis la curiosité du Rédacteur en chef devint pressante.

« Est-ce que notre ami augmente son modeste revenu en allant balayer les rues ? Ou bien subit-il des transformations à la Nabuchodonosor ?

— Je suis sûr, dis-je, que c'est encore cette histoire de la Machine du Temps. »

Je repris où le Psychologue l'avait laissé le récit de notre précédente réunion. Les nouveaux convives étaient franchement incrédules. Le Rédacteur en chef soulevait des objections : Qu'est ce que c'était que ça, l'Exploration du Temps ? Est-ce qu'un homme se couvre de poussière à se rouler dans un paradoxe, voyons ? Puis comme il se familiarisait avec l'idée, il eut recours à la plaisanterie : Est-ce qu'il n'y avait donc plus de brosses à habit dans le Futur ? Le Journaliste, lui aussi, ne voulait croire à aucun prix et se joignait au Rédacteur en chef dans la tâche facile de ridiculiser toute l'affaire. L'un et l'autre appartenaient à la nouvelle espèce de journalistes — jeunes gens joyeux et très irrespectueux. « Le correspondant spécial que nous avons envoyé dans la semaine prochaine nous annonce... » disait, ou plutôt clamait, le Journaliste, lorsque l'Explorateur du Temps réapparut. Il s'était mis en habit et rien — sinon ses yeux hagards — ne restait du changement qui m'avait d'abord effrayé.

« Dites donc, lui demanda en riant le Rédacteur en chef, voilà qu'on me raconte que vous revenez d'un voyage dans le milieu de la semaine prochaine ! Révélez-nous les intentions du gouvernement, n'est-ce pas ? Combien voulez-vous pour l'article ? »

L'Exploratcur du Temps vint s'asseoir sans dire un mot. Il souriait tranquillement à sa façon accoutumée.

« Où est ma part ? dit-il. Quel plaisir d'enfoncer encore une fourchette dans cette viande !

— Quelle blague ! dit le Rédacteur en chef.

— Au diable la blague ! dit l'Explorateur du Temps. J'ai besoin de manger, et je ne dirai pas un mot avant d'avoir remis un peu de peptones dans mon organisme. Merci. Passez-moi le sel.

— Un seul mot, dis-je. Vous revenez d'exploration ?

— Oui ! dit-il, la bouche pleine et en secouant la tête.

— Je donne un shilling la ligne pour un compte rendu *in extenso* », dit le Rédacteur en chef.

L'Explorateur poussa son verre du côté de l'Homme silencieux, et le fit tinter d'un coup d'ongle ; sur ce, l'Homme silencieux, qui le fixait avec ébahissement, sursauta et lui versa du vin. Le dîner s'acheva dans un malaise général. Pour ma part, de soudaines questions me venaient incessamment aux lèvres et je suis sûr qu'il en était de même pour les autres. Le Journaliste essaya de diminuer la tension des esprits en contant des anecdotes. Notre ami donnait toute son attention à son dîner et semblait ne pas avoir mangé depuis une semaine. Le Docteur fumait une cigarette et considérait l'Explorateur à travers ses paupières mi-closes. L'Homme silencieux semblait encore plus gauche que d'habitude et vida sa coupe de champagne avec une régularité et une détermination purement nerveuses. Enfin notre hôte repoussa son assiette, et nous regarda.

« Je vous dois des excuses, dit-il. Je mourais tout bonnement de faim. Mais j'ai passé quelques moments bien surprenants. »

Il atteignit un cigare dont il coupa le bout.

« Mais venez au fumoir. C'est une histoire trop

longue pour la raconter au milieu de vaisselle sale. »

Puis il sonna en se levant et nous conduisit dans la chambre attenante.

« Vous avez parlé de la Machine à Blank et aux autres ? me dit-il, en se renversant dans son fauteuil.

— Mais ce n'est qu'un paradoxe ! dit le Rédacteur en chef

— Je ne puis pas discuter ce soir. Je veux bien vous raconter l'histoire, mais non pas la discuter. Je vais, continua-t-il, vous faire le récit de ce qui m'est arrivé, si vous y tenez, mais il faudra vous abstenir de m'interrompre. J'ai besoin de raconter, absolument. La plus grande partie vous semblera pure invention ; soit ! Mais tout est vrai du premier au dernier mot. J'étais dans mon laboratoire à quatre heures et depuis lors... j'ai vécu huit jours... des jours tels qu'aucun être humain n'en a vécu auparavant ! Je suis presque épuisé, mais je ne veux pas dormir avant de vous avoir conté la chose d'un bout à l'autre. Après cela, j'irai me reposer. Mais pas d'interruption ! Est-ce convenu ?

— Convenu ! » dit le Rédacteur en chef.

Et tous nous répétâmes : « Convenu ! »

Alors l'Explorateur du Temps raconta son histoire telle que je la transcris plus loin. Il s'enfonça d'abord dans son fauteuil, et parla du ton d'un homme fatigué ; peu à peu il s'anima. En l'écrivant, je ne sens que trop vivement l'insuffisance de la plume et du papier et surtout ma propre insuffisance pour l'exprimer avec toute sa valeur. Vous lirez, sans doute, avec attention ; mais vous ne pourrez voir, dans le cercle brillant de la petite lampe, la face pâle et franche du conteur, et vous n'entendrez pas les inflexions de sa voix. Vous ne saurez pas combien son expression suivait les phases de son récit ! La plupart d'entre nous, qui écoutions, étions dans l'ombre, car les bougies des candélabres du fumoir n'avaient pas été allumées, et seules la face du Journaliste et les jambes de l'Homme silencieux étaient éclairées. D'abord nous nous regardions les uns les autres de temps en temps. Puis au bout d'un moment nous cessâmes de le faire pour rester les regards fixés sur le visage de l'Explorateur du Temps.

CHAPITRE IV

LE VOYAGE

« J'ai déjà exposé, jeudi dernier, à quelques-uns d'entre vous, les principes de ma machine pour voyager dans le Temps, et je vous l'ai montrée telle qu'elle était, mais inachevée et sur le métier. Elle y est encore maintenant, quelque peu fatiguée par le voyage, à vrai dire ; l'une des barres d'ivoire est fendue, et une traverse de cuivre est faussée ; mais le reste est encore assez solide. Je pensais l'avoir terminée le vendredi ; mais vendredi, quand le montage fut presque fini, je m'aperçus qu'un des barreaux de nickel était trop court de deux centimètres et demi exactement, et je dus le refaire, de sorte que la machine ne fut entièrement achevée que ce matin. C'est donc aujourd'hui à dix heures que la première de toutes les machines de ce genre commença sa carrière. Je l'examinai une dernière fois, m'assurai de la solidité des écrous, mis encore une goutte d'huile à la tringle de quartz et m'installai sur la selle. Je suppose que celui qui va se suicider et qui tient contre son crâne un pistolet doit éprouver le même sentiment que j'éprouvai alors de curiosité pour ce qui va se passer immédiatement après. Je pris dans une main le levier de mise en marche et dans l'autre le levier d'arrêt — j'appuyai sur le premier et presque immédiatement sur le second. Je crus chanceler, puis j'eus une sensation de chute comme dans un cauchemar. Alors, regardant autour de moi, je vis mon laboratoire tel qu'à l'ordinaire. S'était-il passé quelque chose ? Un moment je soupçonnai mon intellect de m'avoir joué quelque tour. Je remarquai alors la pendule ; le moment d'avant elle marquait, m'avait-il semblé, une minute ou deux après dix heures ; maintenant il était presque trois heures et demie !

« Je respirai, serrai les dents, empoignai des deux mains le levier de mise en train et partis d'un seul coup. Le laboratoire devint brumeux, puis sombre. La servante entra, et se dirigea, sans paraître me voir, vers la porte donnant sur le jardin. Je suppose qu'il lui fallut une minute ou deux pour traverser la pièce, mais il me sembla qu'elle était lancée d'une porte à l'autre comme une fusée. J'appuyai sur le levier jusqu'à sa position extrême. La nuit vint comme on éteint une lampe ; et un moment après, demain était là. Le laboratoire devint confus et brumeux, et à chaque moment de plus en plus confus. Demain soir arriva tout obscur, puis le jour encore, puis une nuit, puis des jours et des nuits de plus en plus précipités ! Une murmure vertigineux emplissait mes oreilles, une mystérieuse confusion descendait sur mon esprit.

« Je crains de ne pouvoir exprimer les singulières sensations d'un voyage à travers le Temps. Elles sont excessivement déplaisantes. On éprouve exactement la même chose que sur les montagnes russes, dans les foires : un irrésistible élan, tête baissée ! J'éprouvais aussi l'horrible pressentiment d'un écrasement inévitable et imminent. Pendant cette course, la nuit suivait le jour comme le battement d'une grande aile noire. L'obscure perception du laboratoire disparut bientôt et je vis le soleil sauter précipitamment à travers le ciel, bondissant à chaque minute, et chaque minute marquant un jour. Je pensai que le laboratoire avait dû être détruit et que j'étais maintenant en plein air. J'eus la vague impression d'escalader des échafaudages, mais j'allais déjà beaucoup trop vite pour avoir conscience des mouvements qui m'entouraient. L'escargot le plus lent qui rampa jamais bondissait trop vite pour que je le visse. La scintillante succession de la clarté et des ténèbres était extrêmement pénible à l'œil. Puis, dans les ténèbres intermittentes, je voyais la lune parcourir rapidement ses phases et j'entrevoyais faiblement les révolutions des étoiles. Bientôt, tandis que j'avançais avec une vélocité croissante, la palpitation du jour et de la nuit se fondit en une teinte grise continue. Le ciel revêtit une admirable profondeur bleue, une splendide nuance lumineuse comme celle des premières lueurs du crépuscule ; le soleil bondissant devint une traînée de feu, un arc lumineux dans l'espace ; la lune, une bande ondoyante et plus faible, et je ne voyais plus rien des étoiles, sinon de temps en temps un cercle brillant qui tremblotait.

« Le paysage était brumeux et vague ; j'étais toujours au flanc de la colline sur laquelle est bâtie cette maison, et la pente s'élevait au-dessus de moi, grise et confuse. Je vis des arbres croître et changer comme des bouffées de vapeur ; tantôt roux, tantôt verts ; ils croissaient, s'étendaient, se brisaient et disparaissaient. Je vis d'immenses édifices s'élever, vagues et splendides, et passer comme des rêves. Toute la surface de la terre semblait changée — ondoyant et s'évanouissant sous mes yeux. Les petites aiguilles, sur les cadrans qui enregistraient ma vitesse, couraient de plus en plus vite. Bientôt je remarquai que le cercle lumineux du soleil montait et descendait, d'un solstice à l'autre, en moins d'une minute, et que par conséquent j'allais à une vitesse de plus d'une année par minute ; et de minute en minute la neige blanche apparaissait sur le monde et s'évanouissait pour être suivie par la verdure brillante et courte du printemps.

« Les sensations désagréables du départ étaient maintenant moins poignantes. Elles se fondirent bientôt en une sorte d'euphorie nerveuse. Je remarquai cependant un balancement lourd de la machine, dont je ne pouvais m'expliquer la cause.

Mais mon esprit était trop confus pour y faire grande attention, si bien que je me lançais dans l'avenir avec une sorte de folie croissante. D'abord, à peine pensai-je à m'arrêter, à peine pensai-je à autre chose qu'à ces sensations nouvelles. Mais bientôt une autre série d'impressions me vint à l'esprit — une certaine curiosité et avec elle une certaine crainte —, jusqu'à ce qu'enfin elles se fussent complètement emparées de moi. Quels étranges développements de l'humanité, quelles merveilleuses avances sur notre civilisation rudimentaire n'allais-je pas apercevoir quand j'en arriverais à regarder de près ce monde vague et illusoire qui se déroulait et ondoyait devant mes yeux ! Je voyais des monuments d'une grande et splendide architecture s'élever autour de moi, plus massifs qu'aucun des édifices de notre époque, et cependant, me semblait-il, bâtis de brume et de faible clarté. Je vis un vert plus riche s'étendre sur la colline et demeurer là sans aucun intervalle d'hiver. Même à travers le voile qui noyait les choses, la terre semblait très belle. C'est alors que l'idée me vint d'arrêter la machine.

« Le risque que je courais était de trouver quelque nouvel objet à la place que la machine et moi occupions. Aussi longtemps que je voyageais à toute vitesse, cela importait fort peu. J'étais pour ainsi dire désintégré — je glissais comme un éther à travers les interstices des substances interposées ! Mais s'arrêter impliquait peut-être mon écrasement, molécule par molécule, dans ce qui pouvait se trouver sur mon passage, comportait un contact si intime de mes atomes avec ceux de l'obstacle qu'il en résulterait une profonde réaction chimique — peut-être une explosion formidable, qui m'enverrait, mon appareil et moi, hors de toute dimension possible... dans l'Inconnu. Cette possibilité s'était bien souvent présentée à mon esprit pendant que je construisais la machine ; mais alors je l'avais de bon cœur envisagée comme un risque nécessaire — un de ces risques qu'un homme doit toujours accepter. Maintenant qu'il était inévitable, je ne le voyais plus du tout sous le même jour. Le fait est que, insensiblement, l'absolue étrangeté de toute chose, le balancement ou l'ébranlement écœurant de la machine, par-dessus tout la sensation de chute prolongée, avait absolument bouleversé mes nerfs. Je me disais que je ne pouvais plus m'arrêter et, dans un sursaut nerveux, je résolus de m'arrêter sur-le-champ. Avec une impatience d'insensé, je tirai sur le levier ; aussitôt la machine se mit à ballotter, et je dégringolai la tête la première dans le vide.

« Il y eut un bruit de tonnerre dans mes oreilles ; je dus rester étourdi un moment. Une grêle impitoyable sifflait autour de moi, et je me trouvai assis, sur un sol mou, devant la machine renversée. Toutes choses me paraissaient encore grises, mais je remarquai bientôt que le bruit confus dans mes oreilles s'était tu. Je regardai autour de moi. J'étais sur ce qui pouvait sembler une petite pelouse, dans un jardin, entouré de massifs de rhododendrons dont les pétales mauves et pourpres tombaient en pluie sous les volées de grêlons. La grêle dansante et rebondissante s'abattait sur la machine et descendait sur le sol comme une fumée. En un instant, je fus trempé jusqu'aux os :

« — Excellente hospitalité, dis-je, envers un homme qui vient de parcourir d'innombrables années pour vous voir !

« Enfin je songeai qu'il était stupide de se laisser tremper ; je me levai et je cherchai des yeux où me réfugier. Une figure colossale, taillée apparemment dans quelque pierre blanche, apparaissait, incertaine, au-delà des rhododendrons, à travers l'averse brumeuse. Mais le reste du monde était invisible.

« Il serait malaisé de décrire mes sensations. Comme la grêle s'éclaircissait, j'aperçus plus distinctement la figure blanche. Elle devait être fort grande, car un bouleau ne lui allait qu'à l'épaule. Elle était de marbre blanc, et rappelait par sa forme quelque sphinx ailé, mais les ailes, au lieu d'être repliées verticalement, étaient étendues de sorte qu'elle semblait planer. Le piédestal, me sembla-t-il, était de bronze et couvert d'une épaisse couche de vert-de-gris. Il se trouva que la face était de mon côté, les yeux sans regard paraissaient m'épier ; il y avait sur les lèvres l'ombre affaiblie d'un sourire. L'ensemble était détérioré par les intempéries et donnait l'idée désagréable d'être rongé par une maladie. Je restai là à l'examiner pendant un certain temps — une demi-minute peut-être ou une demi-heure. Elle semblait reculer ou avancer suivant que la grêle tombait entre elle et moi plus ou moins dense. A la fin je détournai mes yeux, et je vis que les nuages s'éclaircissaient et que le ciel s'éclairait de la promesse du soleil.

« Je reportai mes yeux vers la forme blanche accroupie, et toute la témérité de mon voyage m'apparut subitement. Qu'allait-il survenir lorsque le rideau brumeux qui m'avait dissimulé jusque-là serait entièrement dissipé ? Qu'avait-il pu arriver aux hommes ? Que faire si la cruauté était devenue une passion commune ? Que faire si, dans cet intervalle, la race avait perdu son humanité, et s'était développée dans la malfaisance, la haine et une volonté farouche de puissance ? Je pourrais sembler quelque animal sauvage du vieux monde, d'autant plus horrible et dégoûtant que j'avais déjà leur conformation — un être mauvais qu'il fallait immédiatement supprimer.

« Déjà j'apercevais d'autres vastes formes, d'immenses édifices avec des parapets compliqués et de hautes colonnes, au flanc d'une colline boisée qui descendait doucement jusqu'à moi à travers l'orage apaisé. Je fus saisi d'une terreur panique. Je courus éperdument jusqu'à la machine et fis de violents efforts pour la remettre debout. Pendant ce temps, les rayons du soleil percèrent l'amoncellement des nuages. La pluie torrentielle passa et s'évanouit comme le vêtement traînant d'un fantôme. Au-dessus de moi, dans le bleu intense du ciel d'été, quelques légers et sombres lambeaux de nuages tourbillonnaient en se désagrégeant. Les grands édifices qui m'entouraient s'élevaient clairs et distincts, brillant sous l'éclat de l'averse récente, et ressortant en blanc avec des grêlons non fondus, amoncelés au long de leurs assises. Je me sentais comme nu dans un monde étrange. J'éprouvais ce que, peut-être, ressent l'oiseau dans l'air clair, lorsqu'il sait que le vautour plane et va s'abattre sur lui. Ma peur devenait de la frénésie. Je respirai fortement, serrai les dents, et en vins aux prises, furieusement, des poignets et des genoux, avec la machine : à mon effort désespéré, elle céda et se redressa, en venant me frapper violemment au menton. Une main sur la selle, l'autre sur le levier, je restai là, haletant sourdement, prêt à repartir.

« Mais avec l'espoir d'une prompte retraite, le courage me revint. Je considérai plus curieusement, et avec moins de crainte, ce monde d'un avenir éloigné. Dans une fenêtre ronde, très haut dans le mur du plus proche édifice, je vis un groupe d'êtres revêtus de riches et souples robes. Ils m'avaient vu, car leurs visages étaient tournés vers moi.

« J'entendis alors des voix qui approchaient.

Venant à travers les massifs qui entouraient le Sphinx Blanc, je voyais les têtes et les épaules d'hommes qui couraient. L'un d'eux déboucha d'un sentier qui menait droit à la petite pelouse sur laquelle je me trouvais avec ma machine. C'était une délicate créature, haute d'environ un mètre vingt, vêtue d'une tunique de pourpre retenue à la taille par une ceinture de cuir. Des sandales ou des brodequins (je ne pus voir distinctement) recouvraient ses pieds ; ses jambes étaient nues depuis les genoux ; elle ne portait aucune coiffure. En faisant ces remarques, je m'aperçus pour la première fois de la douceur extrême de l'air.

« Je fus frappé par l'aspect de cette créature très belle et gracieuse, mais étonnamment frêle. Ses joues roses me rappelaient ces beaux visages de phtisiques — cette beauté hectique dont on nous a tant parlé. A sa vue, je repris soudainement confiance, et mes mains abandonnèrent la machine. »

CHAPITRE V

DANS L'ÂGE D'OR

« En un instant nous étions face à face, cet être fragile et moi. Il s'avança sans hésiter et se mit à me rire au nez. L'absence de tout signe de crainte dans sa contenance me frappa tout à coup. Puis il se tourna vers les deux autres qui le suivaient et leur parla dans une langue étrange, harmonieuse et très douce.

« D'autres encore arrivèrent et j'eus bientôt autour de moi un groupe d'environ huit ou dix de ces êtres exquis. L'un d'eux m'adressa la parole. Il me vint à l'esprit, assez bizarrement, que ma voix était trop rude et trop profonde pour eux. Aussi je hochai la tête et, lui montrant mes oreilles, je la hochai de nouveau. Il fit un pas en avant, hésita et puis toucha ma main. Je sentis alors d'autres petits et tendres tentacules sur mon dos et mes épaules. Ils voulaient se rendre compte si j'étais bien réel. Il n'y avait rien d'alarmant à tout cela. De fait, il y avait dans les manières de ces jolis petits êtres quelque chose qui inspirait la confiance, une gracieuse gentillesse, une certaine aisance puérile. Et d'ailleurs ils paraissaient si frêles que je me figurais pouvoir renverser le groupe entier comme un jeu de quilles. Mais je fis un brusque mouvement pour les prévenir, lorsque je vis leurs petites mains roses tâter la machine. Heureusement, et alors qu'il n'était pas trop tard, j'aperçus un danger auquel jusqu'alors je n'avais pas pensé. J'atteignis les barres de la machine, je dévissai les petits leviers qui l'auraient mise en mouvement, et je les mis dans ma poche. Puis je cherchai à nouveau ce qu'il y aurait à faire pour communiquer avec mes hôtes.

« Alors, examinant de plus près leurs traits, j'aperçus de nouvelles particularités dans leur genre de joliesse de porcelaine de Saxe. Leur chevelure, qui était uniformément bouclée, se terminait brusquement sur les joues et le cou ; il n'y avait pas le moindre indice de système pileux sur la figure, et leurs oreilles étaient singulièrement menues. Leur bouche était petite, avec des lèvres d'un rouge vif, mais plutôt minces ; et leurs petits mentons finissaient en pointe. Leurs yeux étaient larges et doux et (ceci peut sembler égoïste de ma part) je me figurai même alors qu'il leur manquait une partie de l'attrait que je leur avais supposé tout d'abord.

« Comme ils ne faisaient aucun effort pour communiquer avec moi, mais simplement m'entouraient, souriant et conversant entre eux avec des intonations douces et caressantes, j'essayai d'entamer la conversation. Je leur indiquai du doigt la machine, puis moi-même ; ensuite, me demandant un instant comment j'exprimerais l'idée de Temps, je montrai du doigt le soleil. Aussitôt un gracieux et joli petit être, vêtu d'une étoffe bigarrée de pourpre et de blanc, suivit mon geste, et à mon grand étonnement imita le bruit du tonnerre.

« Un instant je fus stupéfait, encore que la signification de son geste m'apparût suffisamment claire. Une question s'était posée subitement à moi : Est-ce que ces êtres étaient fous ? Vous pouvez difficilement vous figurer comment cette idée me vint. Vous savez que j'ai toujours cru que les gens qui vivront en l'année 802000 et quelques nous auraient surpassés d'une façon incroyable, en science, en art et en toute chose. Et voilà que l'un d'eux me posait tout à coup une question qui le plaçait au niveau intellectuel d'un enfant de cinq ans — l'un d'eux qui me demandait, en fait, si j'étais venu du soleil avec l'orage ! Cela gâta l'opinion que je m'étais faite d'eux d'après leurs vêtements, leurs membres frêles et légers et leurs traits fragiles. Je fus fortement déçu. Pendant un moment, je crus que j'avais inutilement inventé la Machine du Temps.

« J'inclinai la tête, indiquai de nouveau le soleil et parvins à imiter si parfaitement un coup de tonnerre qu'ils en tressaillirent. Ils reculèrent tous de quelques pas et s'inclinèrent. Alors l'un d'eux s'avança en riant vers moi, portant une guirlande de fleurs magnifiques et entièrement nouvelles pour moi, et il me la passa autour du cou. Son geste fut accueilli par un mélodieux applaudissement : et bientôt ils se mirent tous à courir de-ci, de-là, en cueillant des fleurs et en me les jetant avec des rires, jusqu'à ce que je fusse littéralement étouffé sous le flot. Vous qui n'avez jamais rien vu de semblable, vous ne pouvez guère vous imaginer quelles fleurs délicates et merveilleuses d'innombrables années de culture peuvent créer. Alors l'un d'eux suggéra que leur jouet devait être exhibé dans le plus proche édifice ; ainsi je fus conduit vers un vaste monument de pierre grise et effritée, de l'autre côté du Sphinx de marbre blanc, qui, tout ce temps, avait semblé m'observer, en souriant de mon étonnement. Tandis que je les suivais, le souvenir de mes confiantes prévisions d'une postérité profondément grave et intellectuelle me revint à l'esprit et me divertit fort.

« L'édifice, de dimensions colossales, avait une large entrée. J'étais naturellement tout occupé de la foule croissante des petits êtres et des grands portails ouverts qui béaient devant moi, obscurs et mystérieux. Mon impression générale du monde ambiant était celle d'un gaspillage inextricable d'arbustes et de fleurs admirables, d'un jardin longtemps négligé et cependant sans mauvaises herbes. Je vis un grand nombre d'étranges fleurs blanches, en longs épis, avec des pétales de cire de près de quarante centimètres. Elles croissaient éparses, comme sauvages, parmi les arbustes variés, mais, comme je l'ai dit, je ne pus les examiner attentivement cette fois-là. La machine fut abandonnée sur la pelouse parmi les rhododendrons.

« L'arche de l'entrée était richement sculptée, mais je ne pus naturellement pas observer de très près les sculptures, encore que j'aie cru apercevoir, en passant, divers motifs d'antiques décorations phéniciennes, frappé de les voir si usées et mutilées. Je rencontrai sur le seuil du porche plusieurs êtres plus brillamment vêtus et nous entrâmes ainsi, moi habillé des ternes habits du XIXe siècle, d'aspect assez grotesque, entouré de cette masse tourbillonnante de robes aux nuances brillantes et douces et de membres délicats et blancs, dans un bruit confus de rires et d'exclamations joyeuses.

« Le grand portail menait dans une salle relativement vaste, tendue d'étoffes sombres. Le plafond était dans l'obscurité et les fenêtres, garnies en partie de vitraux de couleur, laissaient pénétrer une lumière délicate. Le sol était formé de grands blocs d'un métal très blanc et dur — ni plaques, ni dalles mais des blocs —, et il était si usé, par les pas, pensai-je, d'innombrables générations, que les passages les plus fréquentés étaient profondément creusés. Perpendiculaires à la longueur, il y avait une multitude de tables de pierre polie, hautes peut-être de quarante centimètres, sur lesquelles s'entassaient des fruits. J'en reconnus quelques-uns comme des espèces de framboises et d'oranges hypertrophiées, mais la plupart me paraissaient étranges.

« Entre les tables, les passages étaient jonchés de coussins sur lesquels s'assirent mes conducteurs en me faisant signe d'en faire autant. En une agréable absence de cérémonie, ils commencèrent à manger des fruits avec leurs mains, en jetant les pelures, les queues et tous leurs restes dans des ouvertures rondes pratiquées sur les côtés des tables. Je ne fus pas long à suivre leur exemple, car j'avais faim et soif ; et en mangeant je pus à loisir examiner la salle.

« La chose qui peut-être me frappa le plus fut son délabrement. Les vitraux, représentant des dessins géométriques, étaient brisés en maints endroits ; les rideaux qui cachaient l'extrémité inférieure de la salle étaient couverts de poussière, et je vis aussi que le coin de la table de marbre sur laquelle je mangeais était cassé. Néanmoins l'effet général restait extrêmement riche et pittoresque. Il y avait environ deux cents de ces êtres dînant dans la salle, et la plupart d'entre eux, qui étaient venus s'asseoir aussi près de moi qu'ils avaient pu, m'observaient avec intérêt, les yeux brillants de plaisir, en mangeant leurs fruits. Tous étaient vêtus de la même étoffe soyeuse, douce et cependant solide.

« Les fruits, d'ailleurs, composaient exclusivement leur nourriture. Ces gens d'un si lointain avenir étaient de stricts végétariens, et tant que je fus avec eux, malgré mes envies de viande, il me fallut aussi être frugivore. A vrai dire, je m'aperçus peu après que les chevaux, le bétail, les moutons, les chiens avaient rejoint l'ichtyosaure parmi les espèces disparues. Mais les fruits étaient délicieux ; l'un d'eux en particulier, qui parut être de saison tant que je fus là, à la chair farineuse dans une cosse triangulaire, était remarquablement bon et j'en fis mon mets favori. Je fus d'abord assez embarrassé par ces fruits et ces fleurs étranges, mais plus tard je commençai à apprécier leur valeur.

« En voilà assez sur ce dîner frugal. Aussitôt que je fus un peu restauré, je me décidai à tenter résolument d'apprendre tout ce que je pourrais du langage de mes nouveaux compagnons. C'était évidemment la première chose à faire. Les fruits mêmes du repas me semblèrent convenir parfaitement pour une entrée en matière, et j'en pris un que j'élevai, en essayant une série de sons et de gestes interrogatifs. J'éprouvai une difficulté considérable à faire comprendre mon intention. Tout d'abord mes efforts ne rencontrèrent que des regards d'ébahissement ou des rires inextinguibles, mais tout à coup une petite créature sembla saisir l'objet de ma mimique et répéta un nom. Ils durent babiller et s'expliquer fort longuement la chose entre eux, et mes premières tentatives d'imiter les sons exquis de leur doux langage parurent les amuser énormément, d'une façon dénuée de toute affectation, encore qu'elle ne fût guère civile. Cependant je me faisais l'effet d'un maître d'école au milieu de jeunes enfants et je persistai si bien que je me trouvai bientôt en possession d'une vingtaine de mots au moins; puis j'en arrivai aux pronoms démonstratifs et même au verbe manger. Mais ce fut long; les petits êtres furent bientôt fatigués et éprouvèrent le besoin de fuir mes interrogations ; de sorte que je résolus, par nécessité, de prendre mes leçons par petites doses quand cela leur conviendrait. Je m'aperçus vite que ce serait par très petites doses ; car je n'ai jamais vu de gens plus indolents et plus facilement fatigués. »

CHAPITRE VI

LE CRÉPUSCULE DE L'HUMANITÉ

« Bientôt je fis l'étrange découverte que mes petits hôtes ne s'intéressaient réellement à rien. Comme des enfants, ils s'approchaient de moi pleins d'empressement, avec des cris de surprise, mais, comme des enfants aussi, ils cessaient bien vite de m'examiner et s'éloignaient en quête de quelque autre bagatelle. Après le dîner et mes essais de conversation, je remarquai pour la première fois que tous ceux qui m'avaient entouré à mon arrivée étaient partis ; et de même, étrangement, j'arrivai à faire peu de cas de ces petits personnages. Ma faim et ma curiosité étant satisfaites, je retournai, en franchissant le porche, dehors à la clarté du soleil. Sans cesse je rencontrais de nouveaux groupes de ces humains de l'avenir, et ils me suivaient à quelque distance, bavardaient et riaient à mon sujet, puis, après m'avoir souri et fait quelques signaux amicaux, ils m'abandonnaient à mes réflexions.

« Quand je sortis du vaste édifice, le calme du soir descendait sur le monde, et la scène n'était plus éclairée que par les chaudes rougeurs du soleil couchant. Toutes choses me paraissaient bien confuses. Tout était si différent du monde que je connaissais — même les fleurs. Le grand édifice que je venais de quitter était situé sur une pente qui descendait à un large fleuve ; mais la Tamise s'était transportée à environ un mille de sa position actuelle. Je résolus de gravir, à un mille et demi de là, le sommet de la colline, d'où je pourrais jeter un coup d'œil plus étendu sur cette partie de notre planète en l'an de grâce huit cent deux mille sept cent un, car telle était, comme j'aurais dû le dire déjà, la date qu'indiquaient les petits cadrans de la Machine.

« En avançant, j'étais attentif à toute impression qui eût pu, en quelque façon, m'expliquer la condition de splendeur ruinée dans laquelle je trouvais le monde — car tout avait l'apparence de ruines. Par exemple, il y avait à peu de distance, en montant la colline, un amas de blocs de granit, reliés par des masses d'aluminium, un vaste labyrinthe de murs à pic et d'entassements écroulés, parmi lesquels croissaient d'épais buissons de très belles plantes en forme de pagode — des orties, semblait-il —, mais au feuillage merveilleusement teinté de brun, et ne pouvant piquer. C'étaient évidemment les restes abandonnés de quelque vaste construction, élevée dans un but que je ne pouvais déterminer. C'était là que je devais avoir un peu plus tard une bien étrange expérience — premier indice d'une découverte encore plus étrange — mais je vous en entretiendrai en temps voulu.

« D'une terrasse où je me reposai un instant, je regardai dans toutes les directions, à une soudaine pensée qui m'était venue, et je n'aperçus nulle part de petites habitations. Apparemment, la maison familiale et peut-être la famille n'existaient plus. Ici et là, dans la verdure, s'élevaient des sortes de palais, mais la maison isolée et le cottage, qui donnent une physionomie si caractéristique au paysage anglais, avaient disparu.

« " C'est le communisme ", me dis-je.

« Et sur les talons de celle-là vint une autre pensée. J'examinai la demi-douzaine de petits êtres qui me suivaient. Alors je m'aperçus brusquement que tous avaient la même forme de costume, le même visage imberbe au teint délicat, et la même mollesse des membres, comme de grandes fillettes. Il peut sans doute vous paraître étrange que je ne l'eusse pas remarqué. Mais tout était si étrange ! Pour le costume et les différences de tissus et de coupe, pour l'aspect et la démarche, qui de nos jours distinguent les sexes, ces humains du futur étaient identiques. Et à mes yeux les enfants semblaient n'être que les miniatures de leurs parents. J'en conclus que les enfants de ce temps étaient extrêmement précoces, physiquement du moins, et je pus par la suite vérifier abondamment cette opinion.

« L'aisance et la sécurité où vivaient ces gens me faisaient admettre que cette étroite ressemblance des sexes était après tout ce à quoi l'on devait s'attendre, car la force de l'homme et la faiblesse de la femme, l'institution de la famille et les différenciations des occupations sont les simples nécessités combatives d'un âge de force physique. Là où la population est abondante et équilibrée, de nombreuses naissances sont pour l'État un mal plutôt qu'un bien : là où la violence est rare et où la propagation de l'espèce n'est pas compromise, il y a moins de nécessité — réellement il n'y a aucune nécessité — d'une famille effective, et la spécialisation des sexes, par rapport aux besoins des enfants, disparaît. Nous en observons déjà des indices, et dans cet âge futur c'était un fait accompli. Ceci, je dois vous le rappeler, n'est qu'une simple conjecture que je faisais à ce moment-là. Plus tard, je devais apprécier jusqu'à quel point elle était éloignée de la réalité.

« Tandis que je m'attardais à ces choses, mon attention fut attirée par une jolie petite construction qui ressemblait à un puits sous une coupole. Je songeai, un moment, à la bizarrerie d'un puits au milieu de cette nature renouvelée, et je repris le fil de mes spéculations. Il n'y avait du côté du sommet de la colline aucun grand édifice, et comme mes facultés locomotrices tenaient évidemment du miracle, je me trouvai bientôt seul pour la première fois. Avec une étrange sensation de liberté et d'aventure, je me hâtai vers la crête.

« Je trouvai là un siège, fait d'un métal jaune

que je ne reconnus pas et corrodé par places d'une sorte de rouille rosâtre, à demi recouvert de mousse molle ; les bras modelés et polis représentaient des têtes de griffons. Je m'assis et contemplai le spectacle de notre vieux monde, au soleil couchant de ce long jour. C'était un des plus beaux et agréables spectacles que j'aie jamais vus. Le soleil déjà avait franchi l'horizon, et l'ouest était d'or en flammes, avec des barres horizontables de pourpre et d'écarlate. Au-dessous était la vallée de la Tamise, dans laquelle le fleuve s'étendait comme une bande d'acier poli. J'ai déjà parlé des grands palais qui pointillaient de blanc les verdures variées, quelques-uns en ruine et quelques autres encore occupés. Ici et là s'élevait quelque forme blanche ou argentée dans le jardin désolé de la terre ; ici et là survenait la dure ligne verticale de quelque monument à coupole ou de quelque obélisque. Nulles haies ; nul signe de propriété, nulle apparence d'agriculture ; la terre entière était devenue un jardin.

« Observant tous ces faits, je commençai à les coordonner et voici, sous la forme qu'elle prit ce soir-là, quel fut le sens de mon interprétation. Par la suite, je m'aperçus que je n'avais trouvé qu'une demi-vérité et n'avais même entrevu qu'une facette de la vérité.

« Je croyais être parvenu à l'époque du déclin du monde. Le crépuscule rougeâtre m'évoqua le crépuscule de l'humanité. Pour la première fois, je commençai à concevoir une conséquence bizarre de l'effort social où nous sommes actuellement engagés. Et cependant, remarquez-le, c'est une conséquence assez logique. La force est le produit de la nécessité : la sécurité entretient et encourage la faiblesse. L'œuvre d'amélioration des conditions de l'existence — le vrai progrès civilisant qui assure de plus en plus le confort et diminue l'inquiétude de la vie — était tranquillement arrivée à son point culminant. Les triomphes de l'humanité unie sur la nature s'étaient succédé sans cesse. Des choses qui ne sont, à notre époque, que des rêves étaient devenues des réalités. Et ce que je voyais en était les fruits !

« Après tout, l'activité d'aujourd'hui, les conditions sanitaires et l'agriculture en sont encore à l'âge rudimentaire. La science de notre époque ne s'est attaquée qu'à un minuscule secteur du champ des maladies humaines, mais malgré cela elle étend ses opérations d'une allure ferme et persistante. Notre agriculture et notre horticulture détruisent à peine une mauvaise herbe ici et là, et cultivent peut-être une vingtaine de plantes saines, laissant les plus nombreuses compenser, comme elles peuvent, les mauvaises. Nous améliorons nos plantes et nos animaux favoris — et nous en avons si peu ! — par la sélection et l'élevage ; tantôt une pêche nouvelle et meilleure, tantôt une grappe sans pépins, tantôt une fleur plus belle et plus parfumée, tantôt une espèce de bétail mieux adaptée à nos besoins.

Nous les améliorons graduellement, parce que nos vues sont vagues et hésitantes, et notre connaissance des choses très limitée ; parce que aussi la Nature est timide et lente dans nos mains malhabiles. Un jour tout cela ira de mieux en mieux. Tel est le sens du courant, en dépit des reflux. Le monde entier sera intelligent, instruit et recherchera la coopération ; toutes choses iront de plus en plus vite vers la soumission de la Nature. A la fin, sagement et soigneusement nous réajusterons l'équilibre de la vie animale et de la vie végétale pour qu'elles s'adaptent à nos besoins humains.

« “ Ce réajustement, me disais-je, doit avoir été fait et bien fait ” : fait, à vrai dire, une fois pour toutes, dans l'espace du temps à travers lequel ma machine avait bondi. Dans l'air, ni moucherons, ni moustiques ; sur le sol, ni mauvaises herbes, ni fongosités ; des papillons brillants voltigeaient de-ci, de-là. L'idéal de la médecine préventive était atteint. Les maladies avaient été exterminées. Je ne vis aucun indice de maladie contagieuse quelconque pendant tout mon séjour. Et j'aurai à vous dire plus tard que les processus de putréfaction et de corruption eux-mêmes avaient été profondément affectés par ces changements.

« Des triomphes sociaux avaient été obtenus. Je voyais l'humanité hébergée en de splendides asiles, somptueusement vêtue, et jusqu'ici je n'avais trouvé personne qui fût occupé à un labeur quelconque. Nul signe, nulle part, de lutte, de contestation sociale ou économique. La boutique, la réclame, le trafic, tout le commerce qui constitue la vie de notre monde n'existait plus. Il était naturel que par cette soirée resplendissante je saisisse avec empressement l'idée d'un paradis social. La difficulté que crée l'accroissement trop rapide de la population avait été surmontée et la population avait cessé de s'accroître.

« Mais avec ce changement des conditions viennent inévitablement les adaptations à ce changement, et à moins que la science biologique ne soit qu'un amas d'erreurs, quelles sont les causes de la vigueur et de l'intelligence humaines ? Les difficultés et la liberté : conditions sous lesquelles les individus actifs, vigoureux et souples, survivent et les plus faibles succombent ; conditions qui favorisent et récompensent l'alliance loyale des gens capables, l'empire sur soi-même, la patience, la décision. L'institution de la famille et les émotions qui en résultent : la jalousie féroce, la tendresse envers la progéniture, le dévouement du père et de la mère, tout cela trouve sa justification et son appui dans les dangers qui menacent les jeunes. *Maintenant,* où sont ces dangers ? Un sentiment nouveau s'élève contre la jalousie conjugale, contre la maternité farouche, contre les passions de toute sorte ; choses maintenant inutiles, qui nous entravent, survivances sauvages et discordantes dans une vie agréable et raffinée.

« Je songeai à la délicatesse physique de ces

gens, à leur manque d'intelligence, à ces ruines énormes et nombreuses, et cela confirma mon opinion d'une conquête parfaite de la nature. Car après la lutte vient la quiétude. L'humanité avait été forte, énergique et intelligente et avait employé toute son abondante vitalité à transformer les conditions dans lesquelles elle vivait. Et maintenant les conditions nouvelles réagissaient à leur tour sur l'humanité.

« Dans cette sécurité et ce confort parfaits, l'incessante énergie qui est notre force doit devenir faiblesse. De notre temps même, certains désirs et tendances, autrefois nécessaires à la survivance, sont des sources constantes de défaillances. Le courage physique et l'amour des combats, par exemple, ne sont pas à l'homme civilisé de grands secours — et peuvent même lui être obstacles. Dans un état d'équilibre physique et de sécurité, la puissance intellectuelle, aussi bien que physique, serait déplacée. J'en conclus que pendant d'innombrables années il n'y avait eu aucun danger de guerre ou de violences isolées, aucun danger de bêtes sauvages, aucune épidémie qui aient requis de vigoureuses constitutions ou un besoin quelconque d'activité. Pour une telle vie, ceux que nous appellerions les faibles sont aussi bien équipés que les forts, et de fait ils ne sont plus faibles. Et même mieux équipés, car les forts seraient tourmentés par un trop-plein d'énergie. Nul doute que l'exquise beauté des édifices que je voyais ne fût le résultat des derniers efforts de l'énergie maintenant sans objet de l'humanité, avant qu'elle eût atteint sa parfaite harmonie avec les conditions dans lesquelles elle vivait — l'épanouissement de ce triomphe qui fut le commencement de l'ultime et grande paix. Ce fut toujours là le sort de l'énergie en sécurité ; elle se porte vers l'art et l'érotisme, et viennent ensuite la langueur et la décadence.

« Cette impulsion artistique elle-même doit à la fin s'affaiblir et disparaître — elle avait presque disparu à l'époque où j'étais. S'orner de fleurs, chanter et danser au soleil, c'était tout ce qui restait de l'esprit artistique ; rien de plus. Même cela devait à la fin faire place à une oisiveté satisfaite. Nous sommes incessamment aiguisés sur la meule de la souffrance et de la nécessité et voilà qu'enfin, me semblait-il, cette odieuse meule était brisée.

« Et je restais là, dans les ténèbres envahissantes, pensant avoir, par cette simple explication, résolu le problème du monde — pénétré le mystère de l'existence de ces délicieux êtres. Il se pouvait que les moyens qu'ils avaient imaginés pour restreindre l'accroissement de la population eussent trop bien réussi, et que leur nombre, au lieu de rester stationnaire, eût plutôt diminué. Cela eût expliqué l'abandon des ruines. Mon explication était très simple, et suffisamment plausible — comme le sont la plupart des théories erronées. »

CHAPITRE VII

UN COUP INATTENDU

« Tandis que je méditais sur ce trop parfait triomphe de l'homme, la pleine lune, jaune et gibbeuse, surgit au nord-est, d'un débordement de lumière argentée. Les brillants petits êtres cessèrent de s'agiter au-dessous de moi, un hibou silencieux voltigea et je frissonnai à l'air frais de la nuit. Je me décidai à descendre et à trouver un endroit où je pourrais dormir.

« Des yeux je cherchai l'édifice que je connaissais. Puis mon regard se prolongea jusqu'au Sphinx Blanc sur son piédestal de bronze, de plus en plus distinct à mesure que la lune montante devenait plus brillante. Je pouvais voir, tout auprès, le bouleau argenté. D'un côté, le fourré enchevêtré des rhododendrons, sombre dans la lumière pâle ; de l'autre, la petite pelouse. Un doute singulier glaça ma satisfaction.

« “ Non, me dis-je résolument, ce n'est pas la pelouse. ”

« Mais c'était bien la pelouse, car la face lépreuse et blême du Sphinx était tournée de son côté. Imaginez-vous ce que je dus ressentir lorsque j'en eus la parfaite conviction. Mais vous ne le pourrez pas... La Machine avait disparu !

« A ce moment, comme un coup de fouet à travers la face, me vint à l'idée la possibilité de perdre ma propre époque, d'être laissé impuissant dans cet étrange nouveau monde. Cette seule pensée m'était une réelle angoisse physique. Je la sentais m'étreindre la gorge et me couper la respiration. Un instant après, j'étais en proie à un accès de folle crainte et je me mis à dévaler la colline, si bien que je m'étalai par terre de tout mon long et me fis cette coupure au visage. Je ne perdis pas un moment à étancher le sang, mais sautant de nouveau sur mes pieds, je me remis à courir avec, au long des joues et du menton, le petit ruissellement tiède du sang que je perdais. Pendant tout le temps que je courus, j'essayai de me tranquilliser :

« " Ils l'ont changée de place ; ils l'ont poussée sous les buissons, hors du chemin. "

« Néanmoins, je courais de toutes mes forces. Tout le temps, avec cette certitude qui suit parfois une terreur excessive, je savais qu'une pareille assurance était simple folie, je savais instinctivement que la Machine avait été transportée hors de mon atteinte. Je respirais avec peine. Je suppose avoir parcouru la distance entière de la crête de la colline à la petite pelouse, trois kilomètres environ, en dix minutes, et je ne suis plus un jeune homme. En courant, je maudissais tout haut la folle confiance qui m'avait fait abandonner la Machine, et je gaspillais ainsi mon souffle. Je criais de toutes mes forces et personne ne répondait. Aucune créature ne semblait remuer dans ce monde que seule éclairait la clarté lunaire.

« Quand je parvins à la pelouse, mes pires craintes se trouvèrent réalisées. Nulle trace de la Machine. Je me sentis défaillant et glacé lorsque je fus devant l'espace vide, parmi le sombre enchevêtrement des buissons. Courant furieusement, j'en fis le tour, comme si la Machine avait pu être cachée dans quelque coin, puis je m'arrêtai brusquement, m'étreignant la tête de mes mains. Au-dessus de moi, sur son piédestal de bronze, le Sphinx Blanc dominait, lépreux, luisant aux clartés de la lune qui montait. Il paraissait sourire et se railler de ma consternation.

« J'aurais pu me consoler en imaginant que les petits êtres avaient rangé la Machine sous quelque abri, si je n'avais pas été convaincu de leur imperfection physique et intellectuelle. C'est là ce qui me consternait : le sens de quelque pouvoir jusque-là insoupçonné, par l'intervention duquel mon invention avait disparu. Cependant j'étais certain d'une chose : à moins que quelque autre époque n'ait produit son exact duplicata, la Machine ne pouvait s'être mue dans le temps, les attaches des leviers empêchant, quand ceux-ci sont enlevés — je vous en montrerai tout à l'heure la méthode —, que quelqu'un expérimente d'une façon quelconque la Machine. On l'avait emportée et cachée seulement dans l'espace. Mais alors où pouvait-elle bien être ?

« Je crois que je dus être pris de quelque accès de frénésie ; je me rappelle avoir exploré à la clarté de la lune, en une précipitation violente, tous les buissons qui entouraient le Sphinx et avoir effrayé une espèce d'animal blanc, que, dans la clarté confuse, je pris pour un petit daim. Je me rappelle aussi, tard dans la nuit, avoir battu les fourrés avec mes poings fermés jusqu'à ce que, à force de casser les menues branches, mes jointures fussent tailladées et sanglantes. Puis, sanglotant et délirant dans mon angoisse, je descendis jusqu'au grand bâtiment de pierre. La grande salle était obscure, silencieuse et déserte. Je glissai sur le sol inégal et tombai sur l'une des tables de malachite, me brisant presque le tibia. J'allumai une allumette et pénétrai au-delà des rideaux poussiéreux dont je vous ai déjà parlé.

« Là, je trouvai une autre grande salle couverte de coussins, sur lesquels une vingtaine environ de petits êtres dormaient. Je suis sûr qu'ils trouvèrent ma seconde apparition assez étrange, surgissant tout à coup des ténèbres paisibles avec des bruits inarticulés et le craquement et la flamme soudaine d'une allumette. Car ils ne savaient plus ce que c'était que des allumettes.

« " Où est la Machine ? " commençai-je, braillant comme un enfant en colère, les prenant et les secouant tour à tour.

« Cela dut leur sembler fort drôle. Quelques-uns rirent, la plupart semblaient douloureusement effrayés. Quand je les vis qui m'entouraient, il me vint à l'esprit que je faisais la pire sottise en essayant de faire revivre chez eux la sensation de peur. Car, raisonnant d'après leur façon d'être pendant le jour, je supposais qu'ils avaient oublié leurs frayeurs.

« Brusquement, je jetai l'allumette et, heurtant quelqu'un dans ma course, je sortis en courant à travers la grande salle à manger jusque dehors sous la clarté lunaire. J'entendis des cris de terreur et leurs petits pieds courir et trébucher de-ci, delà. Je ne me rappelle pas tout ce que j'ai pu faire pendant que la lune parcourait le ciel. Je suppose que c'était la nature imprévue de ma perte qui m'affolait. Je me sentais sans espoir séparé de ceux de mon espèce — étrange animal dans un monde inconnu. Je dus sans doute errer en divaguant, criant et vociférant contre Dieu et le Destin. J'ai souvenir d'une horrible fatigue, tandis que la longue nuit de désespoir s'écoulait ; je me rappelle avoir cherché dans tel ou tel endroit impossible, tâtonné parmi les ruines et touché d'étranges créatures dans l'obscurité, et à la fin m'être étendu près du Sphinx et avoir pleuré misérablement, car même ma colère d'avoir eu la folie d'abandonner la Machine était partie avec mes forces. Il ne me restait rien que ma misère. Puis je m'endormis ; lorsque je m'éveillai, il faisait jour et un couple de moineaux sautillait autour de moi sur le gazon, à portée de ma main.

« Je m'assis, essayant, dans la fraîcheur du matin, de me rappeler comment j'étais venu là et pourquoi j'avais une pareille sensation d'abandon et de désespoir. Alors les choses me revinrent claires à l'esprit. Avec la lumière distincte et raisonnable, je pouvais nettement envisager ma situation. Je compris la folle stupidité de ma frénésie de la veille et je pus me raisonner.

« " Supposons le pire, disais-je. Supposons la Machine définitivement perdue — détruite peut-être ? Il m'est nécessaire d'être calme et patient ; d'apprendre les manières d'être de ces gens ; d'acquérir une idée nette de la façon dont ma perte s'est faite, et les moyens d'obtenir des matériaux et des outils, de façon à pouvoir peut-être, à la fin, faire une autre machine. " Ce devait être là ma seule espérance, une pauvre espérance, sans doute, mais meilleure que le désespoir. Et après tout, c'était un monde curieux et splendide.

« Mais probablement la Machine n'avait été que soustraite. Encore fallait-il être calme et patient, trouver où elle avait été cachée, et la ravoir par ruse ou par force. Je me mis péniblement sur mes pieds et regardai tout autour de moi, me demandant où je pourrais procéder à ma toilette. Je me sentais fatigué, roide et sali par le voyage. La fraîcheur du matin me fit désirer une fraîcheur égale. J'avais épuisé mon émotion. A vrai dire, en cherchant ce qu'il me fallait, je fus surpris de mon excitation de la veille. J'examinai soigneusement le sol de la petite pelouse. Je perdis du temps en questions futiles, faites du mieux que je pus à ceux des petits êtres qui s'approchaient. Aucun ne parvint à comprendre mes gestes ; certains restèrent tout simplement stupides ; d'autres crurent à une plaisanterie et me rirent au nez. Ce fut pour moi la tâche la plus difficile au monde d'empêcher mes mains de gifler leurs jolies faces rieuses. C'était une impulsion absurde, mais le démon engendré par la crainte et la colère aveugle était mal contenu et toujours impatient de prendre avantage de ma perplexité. Le gazon me fut de meilleur conseil. Environ à moitié chemin du piédestal et des empreintes de pas qui signalaient l'endroit où, à mon arrivée, j'avais dû remettre debout la Machine, je trouvai une traînée dans le gazon. Il y avait, à côté, d'autres traces de transport avec d'étroites et bizarres marques de pas comme celles que j'aurais pu imaginer faites par un de ces curieux animaux qu'on appelle des *paresseux*. Cela ramena mon attention plus près du piédestal. Il était de bronze, comme je crois vous l'avoir dit. Ce n'était pas un simple bloc, mais il était fort bien décoré, sur chaque côté, de panneaux profondément encastrés. Je les frappai tour à tour. Le piédestal était creux. En examinant avec soin les panneaux, j'aperçus entre eux et les cadres un étroit intervalle. Il n'y avait ni poignées, ni serrures, mais peut-être que les panneaux, s'ils étaient des portes comme je le supposais, s'ouvraient en dedans. Une chose maintenant était assez claire à mon esprit, et il ne me fallut pas un grand effort mental pour inférer que ma Machine était dans ce piédestal. Mais comment elle y était entrée, c'était une autre question.

« Entre les buissons et sous les pommiers couverts de fleurs, j'aperçus les têtes de deux petites créatures drapées d'étoffes orange, venant vers moi. Je me tournai vers elles en leur souriant et leur faisant signe de s'approcher. Elles vinrent, et leur indiquant le piédestal de bronze, j'essayai de leur faire entendre que je désirais l'ouvrir. Mais dès mes premiers gestes, elles se comportèrent d'une façon très singulière. Je ne sais comment vous rendre leur expression. Supposez que vous fassiez à une dame respectable des gestes grossiers et malséants — elles avaient l'air qu'elle aurait pris. Elles s'éloignèrent comme si elles avaient reçu les pires injures. J'essayai ensuite l'effet de ma mimique sur un petit bonhomme vêtu de blanc et à l'air très doux : le résultat fut exactement le même. En un sens son attitude me rendit tout honteux. Mais vous comprenez, je voulais retrouver la Machine, et je recommençai ; quand je le vis tourner les talons comme les autres, ma mauvaise humeur eut le dessus. En trois enjambées, je l'eus rejoint, attrapé par la partie flottante de son vêtement, autour du cou, et je le traînai du côté du Sphinx. Mais sa figure avait une telle expression d'horreur et de répugnance que je le lâchai.

« Cependant je ne voulais pas encore m'avouer

battu ; je heurtai de mes poings les panneaux de bronze. Je crus entendre quelque agitation à l'intérieur — pour être plus clair, je crus distinguer des rires étouffés — mais je dus me tromper. Alors j'allai chercher au fleuve un gros caillou et me remis à marteler un panneau, jusqu'à ce que j'eusse aplati le relief d'une décoration et que le vert-de-gris fût tombé par plaques poudreuses. Les fragiles petits êtres durent m'entendre frapper à violentes reprises, jusqu'à quinze cents mètres ; mais ils ne se dérangèrent pas. Je pouvais les voir par groupes sur les pentes, jetant de mon côté des regards furtifs. Enfin, essoufflé et fatigué, je m'assis pour surveiller la place. Mais j'étais trop agité pour rester longtemps tranquille. Je suis trop occidental pour une longue faction. Je pourrais travailler au même problème pendant des années, mais rester inactif vingt-quatre heures — c'est une autre affaire.

« Au bout d'un instant je me levai et je me mis à marcher sans but à travers les fourrés et vers la colline.

« “ Patience, me disais-je, si tu veux avoir ta Machine, il te faut laisser le Sphinx tranquille. S'ils veulent la garder, il est inutile d'abîmer leurs panneaux de bronze, et s'ils ne veulent pas la garder, ils te la rendront aussitôt que tu pourras la leur réclamer. S'acharner, parmi toutes ces choses inconnues, sur une énigme comme celle-là est désespérant. C'est le chemin de la monomanie. Affronte ce monde nouveau. Apprends ses mœurs, observe-le, abstiens-toi de conclusion hâtive quant à ses intentions. A la fin tu trouveras le fil de tout cela. »

« Alors je m'aperçus tout à coup du comique de la situation : la pensée des années que j'avais employées en études et en labeurs pour parvenir aux âges futurs, et maintenant l'ardente angoisse d'en sortir. Je m'étais fabriqué le traquenard le plus compliqué et le plus désespérant qu'un homme eût jamais imaginé. Bien que ce fût à mes propres dépens, je ne pouvais m'en empêcher : je riais aux éclats.

« Comme je traversais le grand palais, il me sembla que les petits êtres m'évitaient. Était-ce simple imagination de ma part ? ou l'effet de mes coups de pierre dans les portes de bronze ? Quoi qu'il en soit, j'étais à peu près sûr qu'ils me fuyaient. Je pris soin néanmoins de ne rien laisser paraître, et de m'abstenir de les poursuivre ; au bout de deux ou trois jours, les choses se remirent sur le même pied qu'auparavant. Je fis tous les progrès que je pus dans leur langage et de plus je poussai des explorations ici et là. A moins que je n'eusse pas aperçu quelque point subtil, leur langue était excessivement simple — presque exclusivement composée de substantifs concrets et de verbes. Il ne paraissait pas y avoir beaucoup — s'il y en avait — de termes abstraits, et ils employaient peu la langue figurée. Leurs phrases étaient habituellement très simples, composées de deux mots, et je ne pouvais leur faire entendre —

et comprendre moi-même — que les plus simples propositions. Je me décidai à laisser l'idée de ma Machine et le mystère des portes de bronze autant que possible à l'écart, jusqu'à ce que mes connaissances augmentées pussent m'y ramener d'une façon naturelle. Cependant un certain sentiment, comme vous pouvez le comprendre, me retenait dans un cercle de quelques kilomètres autour du lieu de mon arrivée. »

CHAPITRE VIII

EXPLORATIONS

« Aussi loin que je pouvais voir, le monde étalait la même exubérante richesse que la vallée de la Tamise. De chaque colline que je gravis, je pus voir la même abondance d'édifices splendides, infiniment variés de style et de manière ; les mêmes épais taillis de sapins, les mêmes arbres couverts de fleurs et les mêmes fougères géantes. Ici et là, de l'eau brillait comme de l'argent, et au-delà, la campagne s'étendait en bleues ondulations de collines et disparaissait au loin dans la sérénité du ciel. Un trait particulier, qui attira bientôt mon attention, fut la présence de certains puits circulaires, plusieurs, à ce qu'il me sembla, d'une très grande profondeur. L'un d'eux était situé auprès du sentier qui montait la colline, celui que j'avais suivi lors de ma première excursion. Comme les autres, il avait une margelle de bronze curieusement travaillé, et il était protégé de la pluie par une petite coupole. Assis sur le rebord de ces puits, et scrutant leur obscurité profonde, je ne pouvais voir aucun reflet d'eau, ni produire la moindre réflexion avec la flamme de mes allumettes. Mais dans tous j'entendis un certain son : un bruit sourd, par intervalles, comme les battements d'une énorme machine ; et d'après la direction de la flamme de mes allumettes, je découvris qu'un courant d'air régulier était établi dans les puits. En outre, je jetai dans l'orifice de l'un d'eux une feuille de papier, et au lieu de descendre lentement en voltigeant, elle fut immédiatement aspirée et je la perdis de vue.

« En peu de temps, j'en vins à établir un rapport entre ces puits et de hautes tours qui s'élevaient, çà et là, sur les pentes ; car il y avait souvent au-dessus d'elles ce même tremblotement d'air que l'on voit par une journée très chaude au-dessus d'une grève brûlée de soleil. En rassemblant ces observations, j'arrivai à la forte présomption d'un système de ventilation souterraine, dont il m'était difficile d'imaginer le but véritable. Je fus incliné d'abord à l'associer à l'organisation sanitaire de ce monde. C'était une conclusion qui tombait sous le sens, mais elle était absolument fausse.

« Il me faut admettre ici que je n'appris que fort peu de chose des égouts, des horloges, des moyens de transports et autres commodités, pendant mon séjour dans cet avenir réel. Dans quelques-unes des visions d'Utopie et des temps à venir que j'ai lues, il y avait des quantités de détails sur la construction, les arrangements sociaux, et ainsi de suite. Mais ces détails, qui sont assez faciles à obtenir quand le monde entier est contenu dans votre seule imagination, sont absolument inaccessibles à un véritable voyageur, surtout parmi la réalité telle que je la rencontrai là. Imaginez-vous ce qu'un nègre arrivant de l'Afrique centrale raconterait de Londres ou de Paris à son retour dans sa tribu ! Que saurait-il des compagnies de chemin de fer, des mouvements sociaux, du téléphone et du télégraphe, des colis postaux, des mandats-poste et autres choses de ce genre ? Et cependant nous, du moins, lui expliquerions volontiers tout cela ! Et même ce qu'il saurait bien, pourrait-il seulement le faire concevoir à un ami de sa savane ? Et puis, songez au peu de différence qu'il y a entre un nègre et un blanc de notre époque, et quel immense intervalle me séparait de cet âge heureux ! J'avais conscience de côtoyer des choses cachées qui contribuaient à mon confort ; mais, excepté l'impression d'une organisation automatique, je crains de ne pas vous faire suffisamment saisir la différence entre notre civilisation et la leur.

« Pour ce qui est des sépultures, par exemple, je ne pouvais voir aucun signe de crémation, ni rien qui puisse faire penser à des tombes ; mais il me vint à l'idée qu'il pouvait exister des cimetières ou des fours crématoires quelque part au-delà de mon champ d'exploration. Ce fut là une question que je me posai et sur ce point ma curiosité fut absolument mise en déroute. La chose m'embarrassait et je fus amené à faire une remarque ultérieure qui m'embarrassa encore plus : c'est qu'il n'y avait parmi ces gens aucun individu âgé ou infirme.

« Je dois avouer que la satisfaction que j'avais de ma première théorie d'une civilisation automatique et d'une humanité en décadence ne dura pas longtemps. Cependant, je n'en pouvais concevoir d'autre. Laissez-moi vous exposer mes difficultés. Les divers grands palais que j'avais explorés n'étaient que de simples résidences, de grandes salles à manger et d'immenses dortoirs. Je ne pus trouver ni machines, ni matériel d'aucune sorte. Pourtant ces gens étaient vêtus de beaux tissus qu'il fallait bien renouveler de temps à autre, et leurs sandales, quoique sans ornements, étaient des spécimens assez complexes de travail métallique. D'une façon ou d'une autre, il fallait les fabriquer. Et ces petites créatures ne faisaient montre d'aucun vestige de tendances créatrices ; il n'y avait ni boutiques, ni ateliers. Ils passaient tout leur temps à jouer gentiment, à se baigner dans le fleuve, à se faire la cour d'une façon à demi badine, à manger des fruits et à dormir. Je ne pouvais me rendre compte de la manière dont tout cela durait et se maintenait.

« Mais revenons à la Machine du Temps ; quelqu'un, je ne savais qui, l'avait enfermée dans le piédestal creux du Sphinx Blanc. *Pourquoi ?*

« J'étais absolument incapable de l'imaginer, pas plus qu'il ne m'était possible de découvrir l'usage de ces puits sans eau et de ces colonnes de ventilation. Il me manquait là un fil conducteur. Je sentais... Comment vous expliquer cela ? Supposez que vous trouviez une inscription, avec des phrases ici et là claires et écrites en excellent anglais, mais interpolées, d'autres faites de mots, de lettres même qui vous soient absolument inconnues ! Eh bien, le troisième jour de ma visite, c'est de cette manière que se présentait à moi le monde de l'an huit cent deux mil sept cent un.

« Ce jour-là aussi je me fis une amie — en quelque sorte. Comme je regardais quelques-uns de ces petits êtres se baigner dans une anse du fleuve, l'un d'entre eux fut pris de crampes et dériva au fil de l'eau. Le courant principal était assez fort, mais peu redoutable, même pour un nageur ordinaire. Vous aurez une idée de l'étrange indifférence de ces gens, quand je vous aurai dit qu'aucun d'eux ne fit le moindre effort pour aller au secours du petit être qui, en poussant de faibles cris, se noyait sous leurs yeux. Quand je m'en aperçus, je défis en hâte mes vêtements et, entrant dans le fleuve un peu plus bas, j'attrapai la pauvre créature et la ramenai sur la berge. Quelques vigoureuses frictions la ranimèrent bientôt et j'eus la satisfaction de la voir complètement remise avant que je ne parte. J'avais alors si peu d'estime pour ceux de son espèce que je n'espérais d'elle aucune gratitude. Cette fois, cependant, j'avais tort.

« Cela s'était passé le matin ; l'après-midi, au

retour d'une exploration, je revis la petite créature, une femme à ce que je pouvais croire, et elle me reçut avec des cris de joie et m'offrit une guirlande de fleurs, évidemment faite à mon intention. Je fus touché de cette attention. Je m'étais senti quelque peu isolé, et je fis de mon mieux pour témoigner combien j'appréciais le don. Bientôt nous fûmes assis sous un bosquet et engagés dans une conversation, composée surtout de sourires. Les témoignages d'amitié de la petite créature m'affectaient exactement comme l'auraient fait ceux d'un enfant. Nous nous présentions des fleurs et elle me baisait les mains. Je baisais aussi les siennes. Puis j'essayai de converser et je sus qu'elle s'appelait Weena, nom qui me sembla suffisamment approprié, encore que je n'eusse la moindre idée de sa signification. Ce fut là le commencement d'une étrange amitié qui dura une semaine et se termina... comme je vous le dirai.

« Elle était absolument comme une enfant. Elle voulait sans cesse être avec moi. Elle tâchait de me suivre partout, et à mon voyage suivant, j'avais le cœur serré de la voir s'épuiser de fatigue et je dus la laisser enfin, à bout de forces et m'appelant plaintivement. Car il me fallait pénétrer les mystères de ce monde. Je n'étais pas venu dans le futur, me disais-je, pour mener à bien un flirt en miniature. Pourtant sa détresse quand je la laissais était grande ; ses plaintes et ses reproches à nos séparations étaient parfois frénétiques et je crois qu'en somme je retirais de son attachement autant d'ennuis que de réconfort. Néanmoins elle était une diversion salutaire. Je croyais que ce n'était qu'une simple affection enfantine qui l'avait attachée à moi. Jusqu'à ce qu'il fût trop tard, je ne sus pas clairement quel mal je lui avais fait pendant ce séjour. Jusqu'alors, je ne sus pas non plus exactement tout ce qu'elle avait été pour moi. Car, par ses marques d'affection et sa manière futile de montrer qu'elle s'inquiétait de moi, la curieuse petite poupée donnait à mon retour au voisinage du Sphinx Blanc presque le sentiment du retour chez soi et, dès le sommet de la colline, je cherchais des yeux sa délicate figure pâle et blonde.

« Ce fut par elle aussi que j'appris que la crainte n'avait pas disparu de la terre. Elle était assez tranquille dans la journée et avait en moi la plus singulière confiance ; car, une fois, en un moment d'impatience absurde, je lui fis des grimaces menaçantes, et elle se mit tout simplement à rire. Mais elle redoutait l'ombre et l'obscurité, et elle avait peur des choses noires. Les ténèbres étaient pour elle la seule chose effrayante. C'était une émotion singulièrement violente. Je remarquai alors, entre autres choses, que ces petits êtres se rassemblaient dès la nuit à l'intérieur des grands édifices et dormaient par groupes. Entrer au milieu d'eux sans lumière les jetait dans une tumultueuse panique. Jamais après le coucher du soleil je n'en ai rencontré un seul dehors ou dormant isolé. Cependant je fus assez stupide pour ne pas comprendre que cette crainte devait être une leçon pour moi, et, en dépit de la détresse de Weena, je m'obstinai à coucher à l'écart de ces multitudes assoupies.

« Cela la troubla beaucoup, mais à la fin sa singulière affection pour moi triompha, et, pendant les cinq nuits que dura notre liaison, y compris la dernière nuit de toutes, elle dormit avec sa tête posée sur mon bras. Mais, à vous parler d'elle, je m'écarte de mon récit.

« La nuit qui suivit son sauvetage, je m'éveillai avec l'aurore. J'avais été agité, rêvant fort désagréablement que je m'étais noyé et que des anémones de mer me palpaient le visage avec leurs appendices mous. Je m'éveillai en sursaut, avec l'impression bizarre que quelque animal grisâtre venait de s'enfuir hors de la salle. J'essayai de me rendormir, mais j'étais inquiet et mal à l'aise. C'était l'heure terne et grise où les choses surgissent des ténèbres, où les objets sont incolores et tout en contours et cependant irréels. Je me levai, sortis dans le grand hall et m'arrêtai sur les dalles de pierre du perron du palais ; j'avais l'intention, faisant de nécessité vertu, de contempler le lever du soleil.

« La lune descendait à l'ouest ; sa clarté mourante et les premières pâleurs de l'aurore se mêlaient en demi-lueurs spectrales. Les buissons étaient d'un noir profond, le sol d'un gris sombre, le ciel terne et triste. Au flanc de la colline, je crus apercevoir des fantômes. A trois reprises différentes, tandis que je scrutais la pente devant moi, je vis des formes blanches. Deux fois je crus voir une créature blanche, solitaire, ayant l'aspect d'un singe, qui remontait la colline avec rapidité ; une fois, auprès des ruines, je vis trois de ces formes qui portaient un corps noirâtre. Elles faisaient grande hâte et je ne pus voir ce qu'elles devinrent. Il semblait qu'elles se fussent évanouies parmi les buissons. L'aube était encore indistincte, vous devez le comprendre, et j'avais cette sensation glaciale, incertaine, du petit matin que vous connaissez peut-être. Je doutais de mes yeux.

« Le ciel s'éclaira vers l'est ; la lumière du jour monta, répandit une fois de plus ses couleurs éclatantes sur le monde, et je scrutai anxieusement les alentours. Mais je ne vis aucun vestige de mes formes blanches. C'étaient simplement des apparences du demi-jour.

« Si ces formes étaient des esprits, me disais-je, je me demande quel pourrait bien être leur âge. Car une théorie fantaisiste de Grant Allen me vint à l'esprit et m'amusa. Si chaque génération qui meurt, argumente-t-il, laisse des esprits, le monde en sera finalement surencombré. D'après cela, leur nombre eût été incalculable dans environ huit cent mille ans d'ici, et il n'eût pas été surprenant d'en voir quatre à la fois. Mais la plaisanterie n'était pas convaincante et je ne fis que penser à ces formes toute la matinée, jusqu'à ce que l'arrivée de Weena eût chassé ces préoccupations. Je les associais d'une façon vague à l'animal blanc que j'avais vu s'enfuir lors de ma première recherche de la Machine. Mais Weena fut une diversion agréable. Pourtant, ils devaient bientôt prendre tout de même une bien plus entière possession de mon esprit.

« Je crois vous avoir dit combien la température de cet heureux âge était plus élevée que la nôtre. Je ne puis m'en expliquer la cause. Peut-être le soleil était-il plus chaud, ou la terre plus près du soleil. On admet ordinairement que le soleil doit se refroidir et s'éteindre rapidement. Mais, peu familiers avec des spéculations telles que celles de Darwin le jeune, nous oublions que les planètes doivent finalement retourner l'une après l'autre à la masse, source de leur existence. A mesure que se produiront ces catastrophes, le soleil s'enflammera et rayonnera avec une énergie nouvelle ; il se pouvait que quelque planète eût subi ce sort. Quelle qu'en soit la raison, il est certain que le soleil était beaucoup plus chaud qu'il ne l'est actuellement.

« Enfin, par un matin très chaud — le quatrième, je crois —, comme je cherchais à m'abriter de la chaleur et de la forte lumière dans quelque ruine colossale, auprès du grand édifice où je mangeais et dormais, il arriva cette chose étrange : grimpant parmi ces amas de maçonnerie, je découvris une étroite galerie, dont l'extrémité et les ouvertures latérales étaient obstruées par des monceaux de pierres éboulées. A cause du contraste de la lumière éblouissante du dehors, elle me parut tout d'abord impénétrablement obscure. J'y pénétrai en tâtonnant, car le brusque passage de la clarté à l'obscurité faisait voltiger devant mes yeux des taches de couleur. Tout à coup, je m'arrêtai stupéfait. Une paire d'yeux, lumineux à cause de la réflexion de la lumière extérieure, m'observait dans les ténèbres.

« La vieille et instinctive terreur des bêtes sauvages me revint. Je serrai les poings et fixai fermement les yeux étincelants. Puis, la pensée de l'absolue sécurité dans laquelle l'humanité paraissait vivre me revint à l'esprit, et je me remémorai aussi son étrange effroi de l'obscurité. Surmontant jusqu'à un certain point mon appréhension, j'avançai d'un pas et parlai. J'avoue que ma voix était dure et mal assurée. J'étendis la main et touchai quelque chose de doux. Immédiatement les yeux se détournèrent et quelque chose de blanc s'enfuit en me frôlant. Je me retournai, la gorge sèche, et vis traverser en courant l'espace éclairé une petite forme bizarre, rappelant le singe, la tête renversée en arrière d'une façon assez drôle. Elle se heurta contre un bloc de granit, chancela, et disparut bientôt dans l'ombre épaisse que faisait un monceau de maçonnerie en ruine.

« L'impression que j'eus de cet être fut naturellement imparfaite ; mais je pus remarquer qu'il était d'un blanc terne et avait de grands yeux étranges d'un gris rougeâtre, et aussi qu'il portait, tombant sur les épaules, une longue chevelure blonde. Mais, comme je l'ai dit, il allait trop vite pour que je pusse le voir distinctement. Je ne peux même pas dire s'il courait à quatre pattes ou seulement en tenant ses membres supérieurs très bas. Après un moment d'arrêt, je le suivis dans le second monceau de ruines. Je ne pus d'abord le trouver; mais après m'être habitué à l'obscurité profonde, je découvris, à demi obstruée par un pilier renversé, une de ces ouvertures rondes en forme de puits dont je vous ai dit déjà quelques mots. Une pensée soudaine me vint. Est-ce que mon animal avait disparu par ce chemin? Je craquai une allumette et, me penchant au-dessus du puits, je vis s'agiter une petite créature blanche qui, en se retirant, me regardait fixement de ses larges yeux brillants. Cela me fit frissonner. Cet être avait tellement l'air d'une araignée humaine! Il descendait au long de la paroi et je vis alors, pour la première fois, une série de barreaux et de poignées de métal qui formaient une sorte d'échelle s'enfonçant dans le puits. A ce moment l'allumette me brûla les doigts, je la lâchai et elle s'éteignit en tombant; lorsque j'en eus allumé une autre, le petit monstre avait disparu.

« Je ne sais pas combien de temps je restai à regarder dans ce puits. Il me fallut un certain temps pour réussir à me persuader que ce que j'avais vu était quelque chose d'humain. Graduellement la vérité se fit jour : l'Homme n'était pas resté une espèce unique, mais il s'était différencié en deux animaux distincts ; je devinai que les gracieux enfants du monde supérieur n'étaient pas les seuls descendants de notre génération, mais que cet être blême, immonde, ténébreux, que j'avais aperçu, était aussi l'héritier des âges antérieurs.

« Je pensai aux hautes tours où l'air tremblotait et à ma théorie d'une ventilation souterraine. Je commençai à soupçonner sa véritable importance.

« " Que vient faire ce lémurien, me demandais-je, dans mon schéma d'une organisation parfaitement équilibrée ? Quel rapport peut-il bien avoir avec l'indolente sérénité du monde d'au-dessus ? Et que se cache-t-il là-dessous, au fond de ce puits ? " Je m'assis sur la margelle me disant, qu'en tous les cas, il n'y avait rien à craindre, et qu'il me fallait descendre là-dedans pour avoir la solution de mes difficultés. En même temps, j'étais absolument effrayé à l'idée de le faire ! Tandis que j'hésitais, deux des habitants du monde supérieur se poursuivant dans leurs jeux amoureux, l'homme jetant des fleurs à la femme, qui s'enfuyait, vinrent jusqu'au pan d'ombre épaisse où j'étais.

« Ils parurent affligés de me trouver là, appuyé contre le pilier renversé et regardant dans le puits. Il était apparemment de mauvais goût de remarquer ces orifices ; car lorsque j'indiquai celui où j'étais, en essayant de fabriquer dans leur langue une question à son sujet, ils furent visiblement beaucoup plus gênés et ils se détournèrent. Mais comme mes allumettes les intéressaient, j'en enflammai quelques-unes pour les amuser. Je tentai à nouveau de les questionner sur ce puits, mais j'échouai encore. Aussi je les quittai sur-le-champ, me proposant d'aller retrouver Weena et voir ce que je pourrais tirer d'elle. Mais mon esprit était déjà en révolution, mes suppositions et mes impressions se désordonnaient et glissaient vers de nouvelles synthèses. J'avais maintenant un fil pour trouver l'objet de ces puits, de ces cheminées de ventilation, et le mystère des fantômes : pour ne rien dire de l'indication que j'avais maintenant quant à la signification des portes de bronze et au sort de la Machine. Très vaguement, une explication se suggéra qui pouvait être la solution du problème économique qui m'avait intrigué.

« Voici ce nouveau point de vue. Évidemment cette seconde espèce d'hommes était souterraine. Il y avait trois faits, particulièrement, qui me faisaient penser que ses rares apparitions au-dessus du sol étaient dues à sa longue habitude de vivre sous terre. Tout d'abord, il y avait l'aspect blême et étiolé commun à la plupart des animaux qui vivent dans les ténèbres, le poisson blanc des grottes de Kentucky, par exemple ; puis, ces yeux énormes avec leur faculté de réfléchir la lumière sont des traits communs aux créatures nocturnes, témoins le hibou et le chat. Et enfin, cet évident embarras au grand jour, cette fuite précipitée, et cependant maladroite et gauche, vers l'obscurité et l'ombre, et ce port particulier de la tête tandis que le monstre était en pleine clarté — tout cela renforçait ma théorie d'une sensibilité extrême de la rétine.

« Sous mes pieds, par conséquent, la terre devait être fantastiquement creusée et percée de tunnels et de galeries, qui étaient la demeure de la race nouvelle. La présence de cheminées de ventilation et de puits au long des pentes de la colline — partout, en fait, excepté au long de la vallée où coulait le fleuve — indiquait combien ses ramifications étaient universelles. Quoi de plus naturel que de supposer que c'était dans ce monde souterrain que se faisait tout le travail nécessaire au confort de la race du monde supérieur ? L'explication était si plausible que je l'acceptai immédiatement, et j'allai jusqu'à donner le pourquoi de cette division de l'espèce humaine. Je crois que vous voyez comment se présente ma théorie, encore que, pour moi-même, je dusse bientôt découvrir combien elle était éloignée de la réalité.

« Tout d'abord, procédant d'après les problèmes de notre époque actuelle, il me semblait clair comme le jour que l'extension graduelle des différences sociales, à présent simplement temporaires, entre le Capitaliste et l'Ouvrier ait été la clef de la situation. Sans doute cela vous paraîtra quelque peu grotesque — et follement incroyable — mais il y a dès maintenant des faits propres à suggérer cette orientation. Nous tendons à utiliser l'espace souterrain pour les besoins les moins décoratifs de la civilisation ; il y a, à Londres, par exemple, le Métropolitain et récemment des tramways électriques souterrains, des rues et passages souterrains, des restaurants et des ateliers souterrains, et ils croissent et se multiplient. Évidemment, pensais-je, cette tendance s'est développée jusqu'à ce que l'industrie ait graduellement perdu son droit d'existence au soleil. Je veux dire qu'elle s'était étendue de plus en plus profondément en de plus en plus vastes usines souterraines, y passant une somme de temps sans cesse croissante, jusqu'à ce qu'à la fin... Est-ce que, même maintenant un ouvrier de certains quartiers ne vit pas dans des conditions tellement artificielles qu'il est pratiquement retranché de la surface naturelle de la terre ?

« De plus, la tendance exclusive de la classe possédante — due sans doute au raffinement croissant de son éducation et à la distance qui augmente entre elle et la rude violence de la classe pauvre — la mène déjà à clore dans son intérêt de considérables parties de la surface du pays. Aux environs de Londres, par exemple, la moitié au moins des plus jolis endroits sont fermés à la foule. Et cet abîme — dû aux procédés plus rationnels d'éducation et au surcroît de tentations, de facilités et de raffinement des riches —, en s'accroissant, dut rendre de moins en moins fréquent cet échange de classe à classe, cette élévation par intermariage qui retarde à présent la division de notre espèce par des barrières de stratification sociale. De sorte qu'à la fin, on eut, au-dessus du sol, les Possédants, recherchant le plaisir, le confort et la beauté et, au-dessous du sol, les Non-Possédants, les ouvriers, s'adaptant d'une façon continue aux conditions de leur travail. Une fois là, ils eurent, sans aucun doute, à payer des redevances, et non légères, pour la ventilation de leurs cavernes ; et s'ils essayèrent de refuser, on put les affamer ou les suffoquer jusqu'au paiement des arrérages. Ceux d'entre eux qui avaient des dispositions à être malheureux ou rebelles durent mourir ; et, finalement, l'équilibre étant permanent, les survivants devinrent aussi bien adaptés aux conditions de la vie souterraine et aussi heureux à leur manière que la race du monde supérieur le fut à la sienne. A ce qu'il me semblait, la beauté raffinée et la pâleur étiolée s'ensuivaient assez naturellement.

« Le grand triomphe de l'humanité que j'avais rêvé prenait dans mon esprit une forme toute différente. Ce n'avait pas été, comme je l'avais imaginé, un triomphe de l'éducation morale et de la coopération générale. Je voyais, au lieu de cela, une réelle aristocratie, armée d'une science parfaite et menant à sa conclusion logique le système industriel d'aujourd'hui. Son triomphe n'avait pas été simplement un triomphe sur la nature, mais un triomphe à la fois sur la nature et sur l'homme. Ceci, je dois vous en avertir, était ma théorie du moment. Je n'avais aucun cicerone convenable dans ce modèle d'Utopie. Mon explication peut être absolument fausse, je crois qu'elle est encore la plus plausible ; mais, même avec cette supposition, la civilisation équilibrée, qui avait été enfin atteinte, devait avoir depuis longtemps dépassé son zénith, et s'être avancée fort loin vers son déclin. La sécurité trop parfaite des habitants du monde supérieur les avait amenés insensiblement à la dégénérescence, à un amoindrissement général de stature, de force et d'intelligence. Cela, je pouvais le constater déjà d'une façon suffisamment claire, sans pouvoir soupçonner encore ce qui était arrivé aux habitants du monde inférieur ; mais d'après ce que j'avais vu des Morlocks — car, à propos, c'était le nom qu'on donnait à ces créatures — je pouvais m'imaginer que les modifications du type humain étaient encore plus profondes que parmi les Eloïs, la belle race que je connaissais déjà.

« Alors vinrent des doutes importuns. Pourquoi les Morlocks avaient-ils pris la Machine ? Car j'étais sûr que c'étaient eux qui l'avaient prise. Et pourquoi, si les Eloïs étaient les maîtres, ne pouvaient-ils pas me faire rendre ma Machine ? Pourquoi avaient-ils une telle peur des ténèbres ? J'essayai, comme je l'ai dit, de questionner Weena sur ce monde inférieur, mais là encore je fus désappointé. Tout d'abord elle ne voulut pas comprendre mes questions, puis elle refusa d'y répondre. Elle frissonnait comme si le sujet eût été insupportable. Et lorsque je la pressai, peut-être un peu rudement, elle fondit en larmes. Ce furent les seules larmes, avec les miennes, que j'aie vues dans cet âge heureux. Je cessai, en les voyant, de l'ennuyer à propos des Morlocks, et m'occupai seulement à bannir des yeux de Weena ces signes d'un héritage humain. Et bientôt elle sourit et battit des mains tandis que solennellement je craquais une allumette. »

CHAPITRE IX

LES MORLOCKS

« Il peut vous sembler drôle que j'aie laissé passer deux jours avant de poursuivre l'indication nouvelle qui me mettait sur la véritable voie, mais je ressentais une aversion particulière pour ces corps blanchâtres. Ils avaient exactement la couleur livide qu'ont les vers et les animaux conservés dans l'alcool, tels qu'on les voit dans les musées zoologiques. Au toucher, ils étaient d'un froid répugnant. Mon aversion était due probablement à l'influence sympathique des Eloïs, dont je commençais maintenant à comprendre le dégoût pour les Morlocks.

« La nuit suivante, je dormis mal. Ma santé se trouvait sans doute ébranlée. J'étais perplexe et accablé de doutes. J'eus, une fois ou deux, la sensation d'une terreur intense, à laquelle je ne pouvais attribuer aucune raison définie. Je me rappelle m'être glissé sans bruit dans la grande salle où les petits êtres dormaient au clair de lune — cette nuit-là, Weena était parmi eux — et m'être senti rassuré par leur présence. Il me vint à ce moment à l'esprit que dans très peu de jours la lune serait nouvelle et que les apparitions de ces déplaisantes créatures souterraines, de ces blêmes lémuriens, de cette nouvelle vermine qui avait remplacé l'ancienne, se multiplieraient.

« Pendant ces deux jours, j'eus la continuelle impression d'éluder une corvée inévitable. J'avais la ferme assurance que je rentrerais en possession de la Machine en pénétrant hardiment dans ces mystérieux souterrains. Cependant je ne pouvais me résoudre à affronter ce mystère. Si seulement j'avais eu un compagnon ! Mais j'étais si horriblement seul que l'idée de descendre dans l'obscurité du puits m'épouvantait. Je ne sais pas si vous comprenez mon état, mais je sentais constamment un danger derrière mon dos.

« C'était cette incessante inquiétude, cette insécurité, peut-être, qui m'entraînait de plus en plus loin dans mes explorations. En allant au sud, vers la contrée montagneuse qui s'appelle maintenant *Combe Wood,* je remarquai, au loin, dans la direction de l'actuel *Banstead,* une vaste construction verte, d'un genre différent de celles que j'avais vues jusqu'alors. Elle était plus grande que les plus grands des palais et des ruines que je connaissais ; la façade avait un aspect oriental avec le lustre gris pâle, une sorte de gris bleuté, d'une certaine espèce de porcelaine de Chine. Cette différence d'aspect suggérait une différence d'usage, et il me vint l'envie de pousser jusque-là mon exploration. Mais la journée était avancée ; j'étais arrivé en vue de cet endroit après un long et fatigant circuit ; aussi décidai-je de réserver l'aventure pour le jour suivant et je retournai vers les caresses de bienvenue de la petite Weena. Le lendemain matin, je m'aperçus, d'une façon suffisamment claire, que ma curiosité au sujet du Palais de Porcelaine Verte n'était qu'un acte d'autotromperie, qui me donnait un prétexte pour éluder, un jour de plus, l'expérience que je redoutais. Je résolus donc de tenter la descente sans perdre plus de temps, et me mis de bonne heure en route vers le puits situé auprès des ruines de granit et d'aluminium.

« La petite Weena m'accompagna en courant et en dansant autour de moi jusqu'au puits, mais, quand elle me vit me pencher au-dessus de l'orifice, elle parut étrangement déconcertée. " Au revoir, petite Weena ", dis-je en l'embrassant ; puis la reposant à terre, je cherchai, en tâtonnant par-dessus la margelle, les échelons de descente, avec hâte plutôt — je ferais aussi bien de le confesser — car je craignais de voir faillir mon courage. D'abord, elle me considéra avec étonnement. Puis elle poussa un cri pitoyable, et, se précipitant sur moi, chercha à me retenir de tout l'effort de ses petites mains. Je crois que son opposition m'excita plutôt à continuer. Je la repoussai, peut-être un peu durement, et en un instant j'étais dans la gueule même du puits. J'eus alors à donner toute mon attention aux échelons peu solides auxquels je me retenais.

« Je dus descendre environ deux cents mètres.

La descente s'effectuait au moyen de barreaux métalliques fixés dans les parois du puits, et, comme ils étaient adaptés aux besoins d'êtres beaucoup plus petits et plus légers que moi, je me sentis rapidement engourdi et fatigué. Ce n'est pas tout : l'un des barreaux céda soudain sous mon poids, et je me crus précipité dans l'obscurité qui béait au-dessous de moi. Pendant un moment je restai suspendu par une main, et après cette expérience je n'osai plus me reposer. Quoique mes bras et mes reins fussent vivement endoloris, je continuai cette descente insensée aussi vite que je pus. Ayant levé les yeux, je vis l'ouverture, un petit disque bleu, dans lequel une étoile était visible, tandis que la tête de la petite Weena se détachait, ronde et sombre. Le bruit régulier de quelque machine, venant du fond, devenait de plus en plus fort, et oppressant. Tout, excepté le petit disque au-dessus de ma tête, était profondément obscur et, quand je levai les yeux à nouveau, Weena avait disparu.

« J'étais dans une agonie d'inquiétude. Je pensai vaguement à regrimper et à laisser tranquille le monde souterrain. Mais même pendant que je retournais cette idée dans mon esprit, je continuais de descendre. Enfin, avec un immense soulagement, j'aperçus vaguement, à quelque distance à ma droite dans la paroi, une ouverture exiguë. Je m'y introduisis et trouvai que c'était l'orifice d'un étroit tunnel horizontal, dans lequel je pouvais m'étendre et reposer. Ce n'était pas trop tôt. Mes bras étaient endoloris, mon dos courbatu, et je frissonnais de la terreur prolongée d'une chute. De plus, l'obscurité ininterrompue avait eu sur mes yeux un effet douloureux. L'air était plein du halètement des machines pompant l'air au bas du puits.

« Je ne sais pas combien de temps je restai étendu là. Je fus éveillé par le contact d'une main molle qui se promenait sur ma figure. Je cherchai vivement mes allumettes et précipitamment en craquai une, ce qui me permit de voir, penchés sur moi, trois êtres livides, semblables à ceux que j'avais vus sur terre dans les ruines, et qui s'enfuirent en hâte devant la lumière. Vivant comme ils le faisaient, dans ce qui me paraissait d'impénétrables ténèbres, leurs yeux étaient anormalement grands et sensibles, comme le sont ceux des poissons des grandes profondeurs, et ils réfléchissaient la lumière de la même façon. Je fus persuadé qu'ils pouvaient me voir dans cette profonde obscurité, et ils ne semblèrent pas avoir peur de moi, à part leur crainte de la lumière. Mais aussitôt que je craquai une allumette pour tâcher de les apercevoir, ils s'enfuirent incontinent et disparurent dans de sombres chenaux et tunnels, d'où leurs yeux me fixaient de la façon la plus étrange.

« J'essayai de les appeler, mais le langage qu'ils parlaient était apparemment différent de celui des gens d'au-dessus ; de sorte que je fus absolument laissé à mes seuls efforts, et la pensée d'une fuite immédiate s'empara tout de suite de mon esprit. « Tu es ici maintenant pour savoir ce qui s'y passe », me dis-je alors, et je m'avançai à tâtons dans le tunnel, tandis que grandissait le bruit des machines. Bientôt je ne pus plus sentir les parois et j'arrivai à un espace plus large ; craquant une allumette, je vis que j'étais entré dans une vaste caverne voûtée, qui s'étendait dans les profondeurs des ténèbres au-delà de la portée de la lueur de mon allumette. J'en vis autant que l'on peut en voir pendant le court instant où brûle une allumette.

« Nécessairement, ce que je me rappelle reste vague. De grandes formes comme d'énormes machines surgissaient des ténèbres et projetaient de fantastiques ombres noires, dans lesquelles les Morlocks, comme de ternes spectres, s'abritaient de la lumière. L'atmosphère, par parenthèse, était lourde et étouffante et de fades émanations de sang fraîchement répandu flottaient dans l'air. Un peu plus bas, vers le centre, j'apercevais une petite table de métal blanchâtre, sur laquelle semblait être servi un repas. Les Morlocks, en tout cas, étaient carnivores ! A ce moment-là même, je me rappelle m'être demandé quel grand animal pouvait avoir survécu pour fournir la grosse pièce saignante que je voyais. Tout cela était fort peu distinct : l'odeur suffocante, les grandes formes sans signification, les êtres immondes aux aguets dans l'ombre et n'attendant que le retour de l'obscurité pour revenir sur moi ! Alors l'allumette s'éteignit, me brûla les doigts et tomba, tache rouge rayant les ténèbres.

« J'ai pensé depuis que j'étais particulièrement mal équipé pour une telle expérience. Quand je m'étais mis en route avec la Machine, j'étais parti avec l'absurde supposition que les humains de l'avenir devaient certainement être infiniment supérieurs à nous. J'étais venu sans armes, sans remèdes, sans rien à fumer — parfois le tabac me manquait terriblement — et je n'avais même pas assez d'allumettes. Si seulement j'avais pensé à un appareil photographique pour prendre un instantané de ce Monde Souterrain, afin de pouvoir l'examiner plus tard à loisir ! Mais quoi qu'il en soit, j'étais là avec les seules armes et les seules ressources dont m'a doué la nature — des mains, des pieds et des dents ; plus, quatre allumettes suédoises qui me restaient encore.

« Je redoutais de m'aventurer dans les ténèbres au milieu de toutes ces machines et ce ne fut qu'avec mon dernier éclair de lumière que je découvris que ma provision d'allumettes s'épuisait. Il ne m'était jamais venu à l'idée, avant ce moment, qu'il y eût quelque nécessité de les économiser, et j'avais gaspillé presque la moitié de la boîte à étonner les Eloïs, pour lesquels le feu était une nouveauté. Il ne m'en restait donc plus que quatre. Pendant que je demeurais là dans l'obscurité, une main toucha la mienne, des doigts flasques me palpèrent la figure et je perçus une odeur particulièrement désagréable. Je m'imaginai entendre autour de moi les souffles d'une multitude de ces petits êtres. Je sentis des doigts essayer de s'emparer doucement de la boîte d'allumettes que j'avais à la main et d'autres derrière moi qui tiraient mes habits. Il m'était indiciblement désagréable de deviner ces créatures que je ne voyais pas et qui m'examinaient. L'idée soudaine de mon ignorance de leurs manières de penser et de faire me vint vivement à l'esprit dans ces ténèbres. Je me mis, aussi fort que je pus, à pousser de grands cris. Ils s'écartèrent vivement ; puis je les sentis s'approcher de nouveau. Leurs attouchements devinrent plus hardis et ils se murmurèrent les uns aux autres des sons bizarres. Je frissonnai violemment et me remis à pousser des cris d'une façon plutôt discordante. Cette fois, ils furent moins sérieusement alarmés et ils se rapprochèrent avec un singulier petit rire. Je dois confesser que j'étais horriblement effrayé. Je me décidai à craquer une autre allumette et à m'échapper, protégé par sa lueur ; je fis durer la lumière en enflammant une feuille de papier que je trouvai dans ma poche et j'opérai ma retraite vers l'étroit tunnel.

« Mais j'y pénétrais à peine que la flamme s'éteignit et, dans l'obscurité, je pus entendre les Morlocks bruire comme le vent dans les feuilles ou la pluie qui tombe, tandis qu'ils se précipitaient à ma poursuite.

« En un moment, je me sentis saisir par plusieurs mains, et je ne pus me méprendre sur leur intention de me ramener en arrière. Je craquai une autre allumette et l'agitai à leurs faces éblouies. Vous pouvez difficilement vous imaginer combien ils paraissaient peu humains et nauséabonds — la face blême et sans menton, et leurs grands yeux d'un gris rosâtre sans paupières — tandis qu'ils s'arrêtaient aveuglés et égarés. Mais je ne m'attardai guère à les considérer, je vous le promets : je continuai ma retraite, et lorsque la seconde allumette fut éteinte, j'allumai la troisième. Elle était presque consumée lorsque j'atteignis l'ouverture qui s'ouvrait dans le puits. Je m'étendis à terre sur le bord, car les battements de la grande pompe du fond m'étourdissaient. Je cherchai sur les parois les échelons, et tout à coup, je me sentis saisi par les pieds et violemment tiré en arrière. Je craquai ma dernière allumette... qui ne prit pas. Mais j'avais pu néanmoins saisir un des échelons, et, lançant en arrière de violents coups de pied, je me dégageai de l'étreinte des Morlocks, et escaladai rapidement le puits, tandis qu'ils restaient en bas, me regardant monter en clignotant de leurs gros yeux, sauf un petit misérable qui me suivit pendant un instant et voulut s'emparer de ma chaussure, comme d'un trophée sans doute.

« Cette escalade me sembla interminable. Pendant les derniers sept ou dix mètres, une nausée mortelle me prit. J'eus la plus grande difficulté à ne pas lâcher prise. Aux derniers échelons, ce fut une lutte terrible contre cette défaillance. A plusieurs reprises la tête me tourna et j'anticipai les sensations d'une chute. Enfin, cependant, je parvins du mieux que je pus jusqu'en haut et, enjambant la margelle, je m'échappai en chancelant hors des ruines, jusqu'au soleil aveuglant. Là, je tombai la face contre terre. Le sol me paraissait dégager une odeur douce et propre. Puis je me rappelle Weena baisant mes mains et mes oreilles et les voix d'autres Eloïs. Ensuite, pendant un certain temps, je reperdis connaissance. »

CHAPITRE X

QUAND LA NUIT VINT

« Je me trouvai, après cet exploit, dans une situation réellement pire qu'auparavant. Jusque-là, sauf pendant la nuit d'angoisse qui suivit la perte de la Machine, j'avais eu l'espoir réconfortant d'une ultime délivrance, mais cet espoir était ébranlé par mes récentes découvertes. Jusque-là, je m'étais simplement cru retardé par la puérile simplicité des Eloïs et par quelque force inconnue qu'il me fallait comprendre pour la surmonter ; mais un élément entièrement nouveau intervenait avec l'écœurante espèce des Morlocks — quelque chose d'inhumain et de méchant. J'éprouvais pour eux une haine instinctive. Auparavant, j'avais ressenti ce que ressentirait un homme qui serait tombé dans un gouffre : ma seule affaire était le gouffre et le moyen d'en sortir. Maintenant je me sentais comme une bête dans une trappe, appréhendant un ennemi qui doit survenir bientôt.

« L'ennemi que je redoutais peut vous surprendre. C'était l'obscurité de la nouvelle lune. Weena m'avait mis cela en tête, par quelques remarques d'abord incompréhensibles à propos des *nuits obscures.* Ce que signifiait la venue des *nuits obscures* n'était plus maintenant un problème bien difficile à résoudre. La lune était à son déclin ; chaque jour l'intervalle d'obscurité était plus long. Et je compris alors, jusqu'à un certain point au moins, la raison pour laquelle les petits habitants du monde supérieur redoutaient les ténèbres. Je me demandai vaguement à quelles odieuses atrocités les Morlocks se livraient pendant la nouvelle lune.

« J'étais maintenant à peu près certain que ma seconde hypothèse était entièrement fausse. Les habitants du monde supérieur pouvaient bien avoir été autrefois une aristocratie privilégiée, et les Morlocks leurs serviteurs mécaniques, mais tout cela avait depuis longtemps disparu. Les deux espèces qui étaient résultées de l'évolution humaine déclinaient ou étaient déjà parvenues à des relations entièrement nouvelles. Les Eloïs, comme les rois carolingiens, en étaient venus à n'être que des futilités simplement jolies : ils possédaient encore la terre par tolérance et parce que les Morlocks, subterranéens depuis d'innombrables générations, étaient arrivés à trouver intolérable la surface de la terre éclairée par le soleil. Les Morlocks leur faisaient leurs habits, concluais-je, et subvenaient à leurs besoins habituels, peut-être à cause de la survivance d'une vieille habitude de domestication. Ils le faisaient comme un cheval cabré agite ses jambes de devant ou comme un homme aime à tuer des animaux par sport : parce que des nécessités anciennes et disparues en avaient donné l'empreinte à l'organisme. Mais manifestement, l'ordre ancien était déjà en partie inversé. La Némésis des délicats Eloïs s'avançait pas à pas. Pendant des âges, pendant des milliers de générations, l'homme avait chassé son frère de sa part de bien-être et de soleil. Et maintenant ce frère réapparaissait transformé. Déjà les Eloïs avaient commencé à rapprendre une vieille leçon. Ils refaisaient connaissance avec la crainte. Et soudain me revint à l'esprit le souvenir du repas que j'avais vu préparé dans le monde subterranéen. Étrangement, ce souvenir me hanta : il n'était pas amené par le cours de mes méditations, mais survenait presque hors de propos. J'essayai de me rappeler les formes ; j'avais un vague sens de quelque chose de familier, mais à ce moment, je ne pouvais dire ce que c'était.

« Pourtant, quelque impuissants que fussent les petits êtres en présence de leur mystérieuse crainte, j'étais constitué différemment. J'arrivais de notre époque, cet âge mûr de la race humaine, où la crainte ne peut arrêter et où le mystère a perdu ses épouvantes. Moi, du moins, je me défendrais. Sans plus de délai, je décidai de me faire des armes et une retraite où je pusse dormir. Avec cette retraite comme base, je pourrais affronter ce monde étrange avec quelque peu de la confiance que j'avais perdue en me rendant compte de l'espèce de créatures à laquelle, nuit après nuit, j'allais être exposé. Je sentais que je ne pourrais plus dormir avant que mon lit ne fût en sûreté. Je frémissais d'horreur en pensant à la manière dont ils avaient déjà dû m'examiner.

« J'errai cet après-midi-là au long de la vallée de la Tamise, mais je ne pus rien trouver qui se recommandât comme inaccessible. Tous les arbres et toutes les constructions paraissaient aisément praticables pour des grimpeurs aussi adroits que les Morlocks devaient l'être, à en juger d'après leurs puits. Alors les hautes tourelles du Palais de Porcelaine Verte et le miroitement de ses murs polis me revinrent en mémoire et vers le soir, portant Weena sur mon épaule comme une enfant, je montai la colline, en route vers le sud-ouest. J'avais estimé la distance à environ douze ou treize kilomètres, mais elle devait approcher plutôt de dix-huit. J'avais aperçu le palais, la première fois, par un après-midi humide, alors que les distances sont trompeusement diminuées. En outre, le talon d'une de mes chaussures ne tenait plus guère et un clou avait percé la semelle — j'avais de vieilles bottines confortables pour l'intérieur — de sorte que je boitais. Et ce ne fut que longtemps après le coucher du soleil que j'arrivai en vue du Palais dont la noire silhouette se dressait contre le jaune pâle du ciel.

« Weena avait éprouvé une joie extrême lorsque je commençai à la porter, mais après un certain temps elle désira marcher et courir à mes côtés, s'agenouillant parfois pour cueillir des fleurs dont elle garnissait mes poches. Weena avait toujours éprouvé à l'égard de mes poches un grand embarras, mais à la fin elle en avait conclu qu'elles devaient être tout simplement quelque espèce bizarre de vases pour des décorations florales. Du moins, les utilisait-elle à cet effet. Et cela me rappelle... ! En changeant de veste j'ai trouvé... »

(Notre ami s'arrêta, mit sa main dans sa poche et silencieusement plaça sur la petite table deux fleurs fanées assez semblables à de très grandes mauves blanches ; puis il reprit son récit.)

« Comme le calme du soir s'étendait sur le monde et que par-delà la colline nous avancions vers Wimbledon, Weena se trouva fatiguée et voulut retourner à la maison de pierre grise. Mais je lui montrai dans la distance les toits du Palais de Porcelaine Verte, et réussis à lui faire comprendre que nous devions chercher là un refuge contre la crainte. Vous connaissez cette grande paix qui tombe sur les choses au moment où vient la nuit ? La brise même s'arrête dans les arbres. Il y a toujours pour moi dans cette tranquillité du soir comme un air d'attente. Le ciel était clair, profond et vide, à part quelques barres horizontales à l'extrême horizon, vers le couchant. Ce soir-là l'attente prit la couleur de mes craintes. Dans ce calme ténébreux, mes sens parurent avoir acquis une acuité surnaturelle. Je me figurai sentir le sol creux sous mes pieds et voir même à travers la terre les Morlocks, comme dans une fourmilière, allant de-ci de-là, dans l'attente des ténèbres. Dans mon excitation, je m'imaginai qu'ils devaient avoir pris mon irruption dans leurs terriers comme une déclaration de guerre. Et pourquoi avaient-ils saisi ma Machine ?

« Nous continuâmes donc dans la quiétude des choses, et le crépuscule s'épaissit jusqu'aux ténèbres. Le bleu clair du lointain s'effaça, et l'une après l'autre les étoiles parurent. Le sol devint terne et les arbres noirs. Les craintes de Weena et sa fatigue s'accrurent. Je la pris dans mes bras, lui parlant et la caressant. Puis, comme l'obscurité augmentait, elle mit ses bras autour de mon cou et fermant les yeux appuya bien fort sa petite figure sur mon épaule. Nous descendîmes ainsi une longue pente jusque dans la vallée, où, à cause de l'obscurité, je tombai presque dans une petite rivière ; je la passai à gué et montai le côté opposé de la vallée au-delà de plusieurs palais-dortoirs, et d'une statue — de faune ou de quelque forme de ce genre — à laquelle il manquait la tête. Là aussi, il y avait des acacias. Jusqu'alors je n'avais rien vu des Morlocks, mais la nuit n'était guère avancée et les heures sombres qui allaient précéder le lever de la lune n'étaient pas encore proches.

« Du sommet de la colline, je vis un bois épais s'étendant large et noir, devant moi. Cela me fit hésiter. Je n'en pouvais voir la fin, ni à droite, ni à gauche. Me sentant fatigué — mes pieds surtout me faisaient très mal — je posai avec précaution Weena à terre et m'assis moi-même sur le gazon. Je n'apercevais plus le Palais de Porcelaine Verte et je n'étais pas sûr de ma direction. Mes yeux essayaient de pénétrer l'épaisseur de la forêt et je pensais à ce qu'elle pouvait receler. Sous ce dense enchevêtrement de branches, on ne devait plus apercevoir les étoiles. Même s'il n'y avait là aucun danger caché — danger sur lequel je ne tenais pas à lancer mon imagination —, il y aurait les racines contre lesquelles trébucher et les troncs d'arbres contre lesquels se heurter. J'étais aussi extrêmement las, après les excitations de la journée ; aussi décidai-je de ne pas affronter cet inconnu, mais de passer la nuit au plein air, sur la colline.

« Je fus heureux de voir que Weena dormait profondément. Je l'enveloppai soigneusement dans ma veste et m'assis auprès d'elle pour attendre le lever de la lune. La colline était tranquille et déserte, mais, des ténèbres de la forêt, venait de temps à autre quelque bruit comme d'êtres vivants. Au-dessus de moi brillaient les étoiles, car la nuit était très claire. Je me sentais comme amicalement réconforté par leur scintillement. Cependant, je ne trouvais plus au ciel les anciennes constellations : leur lent mouvement, qui est imperceptible pendant des centaines de vies humaines, les avait depuis longtemps réarrangées en groupements qui ne m'étaient plus familiers. Mais la Voie Lactée, me semblait-il, était comme autrefois la même banderole effilochée de poussière d'étoiles. Du côté du sud, d'après ce que je pus juger, était une étoile rouge très brillante qui était toute nouvelle pour moi ; elle était plus resplendissante encore que notre Sirius vert. Et parmi tous ces points de lumière scintillante, une planète brillait vivement d'une clarté régulière et bienveillante, comme la figure d'un vieil ami.

« La contemplation de ces étoiles effaça soudain mes inquiétudes et toutes les gravités de la vie terrestre. Je songeai à leur incommensurable distance et au cours lent et inévitable de leur acheminement du passé inconnu vers le futur inconnu. Je pensai au grand cycle processionnel que décrit le pôle de la terre. Quarante fois seulement s'était produite cette silencieuse révolution pendant toutes les années que j'avais traversées. Et pendant ces quelques révolutions, toutes les activités, toutes les traditions, les organisations compliquées, les nations, langages, littératures, aspirations, même le simple souvenir de l'homme tel que je le connaissais, avaient été balayés du monde. A la place de tout cela restaient ces êtres frêles qui avaient oublié leur haute origine, et ces êtres livides qui m'épouvantaient. Je pensai alors à la grande peur qui séparait les deux espèces, et pour la première fois, avec un frisson subit, je compris clairement d'où pouvait provenir la nourriture animale que j'avais vue. Mais c'était trop horrible. Je contemplai la petite

Weena dormant auprès de moi, sa figure blanche de la pâleur des étoiles, et, aussitôt, je chassai cette pensée.

« Pendant cette longue nuit, j'écartai de mon esprit, du mieux que je le pus, la pensée des Morlocks, et je fis passer le temps en essayant de me figurer que je pouvais trouver les traces des anciennes constellations dans leur confusion nouvelle. Le ciel restait très clair, à part quelques rares nuages de brume légère. Je dus sans aucun doute m'assoupir à plusieurs reprises. Puis, comme ma veillée s'écoulait, une faible éclaircie monta vers l'est, comme la réflexion de quelque feu incolore, et la lune se leva, mince, effilée et blême. Immédiatement derrière elle, la rattrapant et l'inondant, l'aube vint, pâle d'abord, et puis bientôt rose et ardente. Aucun Morlock ne s'était approché. Ou du moins, je n'en avais vu aucun sur la colline cette nuit-là. Et, avec la confiance que ramenait le jour nouveau, il me sembla presque que mes craintes avaient été déraisonnables et absurdes. Je me levai, et m'aperçus que celui de mes pieds que chaussait la bottine endommagée était enflé à la cheville et très douloureux sous le talon. De sorte que je m'assis de nouveau, retirai mes chaussures, et les lançai loin de moi, n'importe où.

« J'éveillai Weena, et nous nous mîmes en route vers la forêt, maintenant verte et agréable, au lieu d'obscure et effrayante. Nous trouvâmes quelques fruits avec lesquels nous rompîmes notre jeûne. Bientôt, nous rencontrâmes d'autres Eloïs, riant et dansant au soleil, comme s'il n'y avait pas dans la nature cette chose qui s'appelle la nuit. Alors je repensai à ce repas carnivore que j'avais vu. J'étais certain maintenant d'avoir deviné quel mets le composait, et, au fond de mon cœur, je m'apitoyai sur ce dernier et faible ruisseau du grand fleuve de l'humanité. Évidemment, à un certain moment du long passé de la décadence humaine, la nourriture des Morlocks était devenue rare. Peut-être s'étaient-ils nourris de rats et autre vermine. Maintenant même, l'homme est beaucoup moins qu'autrefois délicat et exclusif pour sa nourriture — beaucoup moins que n'importe quel singe. Son préjugé contre la chair humaine n'est pas un instinct bien profondément enraciné. Ainsi donc ces inhumains enfants des hommes... ! J'essayai de considérer la chose d'un point de vue scientifique. Après tout, ils étaient moins humains et plus éloignés de nous que nos ancêtres cannibales d'il y a trois ou quatre mille ans. Et l'intelligence avait disparu qui, de cet état de choses, eût fait un tourment. A quoi bon me tourmenter ? Ces Eloïs étaient simplement un bétail à l'engrais, que, telles les fourmis, les Morlocks gardaient et qu'ils dévoraient — à la nourriture duquel ils pourvoyaient même. Et il y avait là Weena qui gambadait à mes côtés.

« Je cherchai alors à me protéger contre l'horreur qui m'envahissait en envisageant la chose comme une punition rigoureuse de l'égoïsme humain. L'homme s'était contenté de vivre dans le bien-être et les délices, aux dépens du labeur d'autres hommes ; il avait eu la Nécessité comme mot d'ordre et excuse et, dans la plénitude des âges, la Nécessité s'était retournée contre lui. J'essayai même une sorte de mépris à la Carlyle pour cette misérable aristocratie en décadence. Mais cette attitude d'esprit était impossible. Quelque grand qu'ait été leur avilissement intellectuel, les Eloïs avaient trop gardé de la forme humaine pour ne pas avoir droit à ma sympathie et me faire partager de force leur dégradation et leur crainte.

« J'avais à ce moment des idées très vagues sur ce que j'allais faire. Ma première idée était de m'assurer quelque retraite certaine et de me fabriquer des armes de métal ou de pierre. Cette nécessité était immédiate. Ensuite, j'espérais me procurer quelque moyen de faire du feu, afin d'avoir l'arme redoutable qu'était une torche, car rien, je le savais, ne serait plus efficace contre ces Morlocks. Puis il me faudrait imaginer quelque expédient pour rompre les portes de bronze du piédestal du Sphinx Blanc. J'avais l'idée d'une sorte de bélier. J'étais persuadé que, si je pouvais ouvrir ces portes et tenir devant moi quelque flamme, je découvrirais la Machine et pourrais m'échapper. Je ne pouvais croire que les Morlocks fussent assez forts pour la transporter bien loin. J'étais résolu à ramener Weena avec moi dans notre époque actuelle. En retournant tous ces projets dans ma tête, je poursuivis mon chemin vers l'édifice que ma fantaisie avait choisi pour être notre demeure. »

CHAPITRE XI

LE PALAIS DE PORCELAINE VERTE

« Nous arrivâmes vers midi au Palais de Porcelaine Verte, que je trouvai désert et tombant en ruine. Il ne restait aux fenêtres que des fragments de vitres, et de grandes plaques de l'enduit vert de la façade s'étaient détachées des châssis métalliques corrodés. Le palais était situé au haut d'une pente gazonnée et, tournant, avant d'entrer, mes yeux vers le nord-est, je fus surpris de voir un large estuaire et même un véritable bras de mer là où je croyais qu'avaient été autrefois Wandsworth et Battersea. Je pensai alors — sans suivre plus loin cette idée — à ce qui devait être arrivé ou peut-être arrivait aux êtres vivant dans la mer.

« Les matériaux du Palais se trouvèrent être, après examen, de la véritable porcelaine, et, sur le fronton, j'aperçus une inscription en caractères inconnus. Je pensai assez sottement que Weena pourrait m'aider à l'interpréter, mais je m'aperçus alors que la simple idée d'une écriture n'avait jamais pénétré son cerveau. Elle me parut toujours, je crois, plus humaine qu'elle n'était réellement, peut-être parce que son affection était si humaine. Au-delà des grands battants des portes — qui étaient ouvertes et brisées — je trouvai, au lieu de la salle habituelle, une longue galerie éclairée par de nombreuses fenêtres latérales. Dès le premier coup d'œil, j'eus l'idée d'un musée. Le carrelage était recouvert d'une épaisse couche de poussière, et un remarquable étalage d'objets variés disparaissait sous une pareille couche grise. J'aperçus alors, debout, étrange et décharné, au centre de la salle, quelque chose qui devait être la partie inférieure d'un immense squelette. Je reconnus, par les pieds obliques, que c'était quelque être disparu, du genre du Mégathérium. Le crâne et les os de la partie supérieure gisaient à terre, dans la poussière épaisse, et, à un endroit où la pluie goutte à goutte tombait de quelque fissure du toit, les os étaient rongés. Plus loin se trouvait le squelette énorme d'un Brontosaure. Mon hypothèse d'un musée se confirmait. Sur l'un des côtés, je trouvai ce qui me parut être des rayons inclinés, et, essuyant la poussière épaisse, je trouvai les habituels casiers vitrés, tels que nous en avons maintenant. Mais ils devaient être imperméables à l'air, à en juger par la conservation parfaite de la plupart des objets qu'ils contenaient.

« Évidemment, nous étions au milieu des ruines de quelque dernier Musée d'Histoire Naturelle. C'était apparemment ici la Section Paléontologique qui avait renfermé une splendide collection de fossiles, encore que l'inévitable décomposition, qui avait été retardée pour un temps et avait par la destruction des bactéries et des moisissures perdu les quatre-vingt-dix-neuf centièmes de sa force, se fût néanmoins remise à l'œuvre, sûrement bien que lentement, pour l'anéantissement de tous ces trésors. Ici et là, je trouvai des vestiges humains sous forme de rares fossiles en morceaux ou enfilés en chapelets sur des fibres de roseaux. Les étagères, en divers endroits, avaient été entièrement déplacées — par les Morlocks, à ce qu'il me parut. Un grand silence emplissait les salles. La poussière épaisse amortissait nos pas. Weena, qui s'amusait à faire rouler un oursin sur la vitre en pente d'une case, revint précipitamment vers moi, tandis que je regardais tout à l'entour, me prit très tranquillement la main et resta auprès de moi.

« Tout d'abord je fus tellement surpris par cet ancien monument, légué par un âge intellectuel, que je ne pensai nullement aux possibilités qu'il offrait. Même la préoccupation de la Machine s'éloigna un instant de mon esprit.

« A en juger par ses dimensions, ce Palais de Porcelaine Verte contenait beaucoup plus de choses qu'une Galerie de Paléontologie ; peut-être y avait-il des galeries histologiques : il se pouvait qu'il y eût même une Bibliothèque ! Pour moi, tout au moins dans de telles circonstances, cela eût été beaucoup plus intéressant que ce spectacle d'une antique géologie en décomposition. En continuant mon exploration, je trouvai une autre courte galerie, transversale à la première, qui paraissait être consacrée aux minéraux, et la vue d'un bloc de soufre éveilla dans mon esprit l'idée de poudre, mais je ne pus trouver de salpêtre ; et, de fait, aucun nitrate d'aucune espèce. Sans doute étaient-ils dissous depuis des âges. Cependant ce morceau de soufre hanta mon esprit et agita toute une série d'idées. Quant au reste du contenu de la galerie, qui était le mieux conservé de tout ce que je vis, il ne m'intéressait guère — je ne suis pas spécialement minéralogiste — et je me dirigeai vers une aile très en ruine qui était parallèle à la première salle où j'étais entré. Apparemment, cette section avait été consacrée à l'Histoire Naturelle, mais tout ce qu'elle avait renfermé était depuis longtemps méconnaissable. Quelques vestiges racornis et noircis de ce qui avait été autrefois des animaux empaillés ; des momies desséchées en des bocaux qui avaient contenu de l'alcool ; une poussière brune, reste de plantes disparues ; et c'était tout ! Je le regrettai fort, car j'aurais été heureux de pouvoir retracer les patients arrangements au moyen desquels s'était accomplie la conquête de la nature animée. Ensuite nous arrivâmes à une galerie de dimensions simplement colossales, mais singulièrement mal éclairée, et dont le sol, en pente faible, faisait un léger angle avec la galerie que je quittais. Des globes blancs pendaient, par intervalles, du plafond, la plupart fêlés et brisés, suggérant un éclairage artificiel ancien. Ici, j'étais plus dans mon élément, car, de chaque côté, s'élevaient les masses énormes de gigantesques machines, toutes grandement corrodées et pour la plupart brisées, mais quelques-unes suffisamment complètes. Vous connaissez mon faible pour la mécanique et j'étais disposé à m'attarder au milieu de tout cela ; d'autant plus qu'elles offraient souvent l'intérêt d'énigmes et je ne pouvais faire que les plus vagues conjectures quant à leur utilisation. Je me figurais que si je pouvais résoudre ces énigmes, je me trouverais en possession de pouvoirs qui me seraient utiles contre les Morlocks.

« Tout à coup Weena se rapprocha très près de moi ; et si soudainement que je tressaillis. Si ce n'avait été d'elle, je ne crois pas que j'aurais remarqué l'inclinaison du sol de la galerie[1]. L'extrémité où j'étais parvenu se trouvait entièrement au-dessus du sol, et était éclairée par de rares fenêtres fort étroites. En descendant, dans la longueur, le sol s'élevait contre ces fenêtres jusqu'à une fosse, semblable aux sous-sols des maisons de Londres, qui s'ouvrait devant chacune d'elles, avec seulement une étroite ligne de jour au sommet. J'avançai lentement, cherchant à deviner l'usage de ces machines, et mon attention fut trop absorbée par elles pour me laisser remarquer la

1. Il se peut très bien aussi que le sol n'eût aucune déclivité, mais que le musée fût construit dans le flanc même de la colline. (Note du transcripteur.)

diminution graduelle du jour ; ce furent les croissantes appréhensions de Weena qui m'en firent apercevoir. Je vis alors que la galerie s'enfonçait dans d'épaisses ténèbres. J'hésitai, puis en regardant autour de moi, j'observai que la couche de poussière était moins abondante et sa surface moins plane. Un peu plus loin, du côté de l'obscurité, elle paraissait rompue par un certain nombre d'empreintes de pieds, menues et étroites. La sensation de la présence immédiate des Morlocks se ranima. J'eus conscience que je perdais un temps précieux à l'examen académique de toutes ces machines. Je me rappelai que l'après-midi était déjà très avancé et que je n'avais encore ni arme, ni abri, ni aucun moyen de faire du feu. Puis, venant du fond obscur de la galerie, j'entendis les singuliers battements et les mêmes bruits bizarres que j'avais entendus au fond du puits.

« Je pris la main de Weena. Puis, frappé d'une idée soudaine, je la laissai et m'avançai vers une machine d'où s'élançait un levier assez semblable à ceux des postes d'aiguillage. Gravissant la plateforme, je saisis le levier et, de toutes mes forces, je le secouai en tous les sens. Soudain, Weena que j'avais laissée au milieu de la galerie se mit à gémir. J'avais conjecturé assez exactement la force de résistance du levier, car après une minute d'efforts il cassa net et je rejoignis Weena avec, dans ma main, une masse plus que suffisante, pensais-je, pour n'importe quel crâne de Morlock que je pourrais rencontrer. Et il me tardait grandement d'en tuer quelques-uns. Bien inhumaine, penserez-vous, cette envie de massacrer ses propres descendants ! Mais il n'était en aucune façon possible de ressentir le moindre sentiment d'humanité à l'égard de ces êtres. Ma seule répugnance à quitter Weena, et la conviction que, si je commençais à apaiser ma soif de meurtre, ma Machine pourrait en souffrir, furent les seules raisons qui me retinrent de descendre tout droit la galerie et d'aller massacrer les brutes que j'entendais.

« Donc, la masse dans une main et menant Weena par l'autre, je sortis de cette galerie et entrai dans une plus grande encore, qui, à première vue, me rappela une chapelle militaire tendue de drapeaux en loques. Je reconnus bientôt les haillons brunis et carbonisés qui pendaient de tous côtés comme étant les vestiges délabrés de livres. Depuis longtemps ils étaient tombés en lambeaux et toute apparence d'impression avait disparu. Mais il y avait ici et là des cartonnages gauchis et des fermoirs de métal brisés qui en disaient assez long. Si j'avais éte littérateur, j'aurais pu, peut-être, moraliser sur la futilité de toute ambition. Mais la chose qui me frappa le plus vivement et le plus fortement fut l'énorme dépense de travail inutile dont témoignait cette sombre solitude de papier pourri. Je dois avouer qu'à ce moment je pensais surtout aux *Philosophical Transactions* et à mes dix-sept brochures sur des questions d'optique.

« Montant alors un large escalier, nous arrivâmes à ce qui dut être autrefois une galerie de Chimie Technique. Et j'espérai vivement faire là d'utiles découvertes. Sauf à une extrémité où le toit s'était affaissé, cette galerie était bien conservée. J'allai avec empressement vers celles des cases qui étaient restées entières. Et enfin, dans une des cases hermétiques, je trouvai une boîte d'allumettes. Précipitamment, j'en essayai une. Elles étaient parfaitement bonnes, même pas humides. Je me tournai vers Weena : " Danse ! " lui criai-je dans sa propre langue. Car maintenant j'avais une arme véritable contre les horribles créatures que nous redoutions. Aussi, dans ce musée abandonné, sur l'épais et doux tapis de poussière, à la grande joie de Weena, j'exécutai solennellement une sorte de danse composite, en sifflant aussi gaiement que je pouvais l'air du *Pays des Braves.* C'était à la fois un modeste cancan, une suite de trépignements, et une danse en jupons, autant que les basques de ma veste le permettaient, et en partie une danse originale ; car j'ai l'esprit naturellement inventif, comme vous le savez.

« Je pense encore maintenant que c'est un heureux miracle que cette boîte d'allumettes ait échappé à l'usure du temps, à travers d'immémoriales années. De plus, assez bizarrement, je découvris une substance encore plus invraisemblable : du camphre. Je le trouvai dans un bocal scellé, qui, par hasard je suppose, avait été fermé d'une façon absolument hermétique. Je crus d'abord à de la cire blanche, et en conséquence brisai le bocal. Mais je ne pouvais me tromper à l'odeur du camphre. Dans l'universelle décomposition, cette substance volatile se trouvait par hasard avoir survécu, à travers peut-être plusieurs milliers de siècles. Cela me rappela une peinture à la sépia que j'avais vu peindre un jour avec la couleur faite d'une bélemnite fossile qui avait dû périr et se fossiliser depuis des millions d'années. J'étais sur le point de le jeter, mais je me souvins que le camphre était inflammable et brûlait avec une belle flamme brillante — une excellente bougie — et je le mis dans ma poche. Je ne trouvai cependant aucun explosif, ni aucun moyen de renverser les portes de bronze. Jusqu'ici mon levier de fer était le seul objet de quelque secours que j'eusse rencontré. Néanmoins je quittai cette galerie transporté de joie.

« Je ne puis vous conter toute l'histoire de ce long après-midi. Ce serait un trop grand effort de mémoire de me rappeler dans leur ordre mes explorations. Je me souviens d'une longue galerie pleine d'armes rouillées, et comment j'hésitai entre ma massue et une hachette ou une épée. Je ne pouvais, pourtant, les prendre toutes deux, et ma barre de fer promettait mieux contre les portes de bronze. Il y avait un grand nombre de fusils, de pistolets et de carabines. La plupart n'étaient plus que des masses de rouille, mais un certain nombre étaient faits de quelque métal nouveau et encore assez solide. Mais tout ce qui avait pu se trouver de cartouches et de poudre était tombé en poussière. Un coin de cette galerie avait été incendié et réduit en miettes, probablement par l'explosion d'un des spécimens. Dans un autre endroit se trouvait un vaste étalage d'idoles — polynésiennes, mexicaines, grecques, phéniciennes, de toutes les contrées de la terre, je crois. Et ici, cédant à une irrésistible impulsion, j'écrivis mon nom sur le nez d'un monstre en stéatite provenant de l'Amérique du Sud, qui tenta plus particulièrement mon caprice.

« A mesure que s'approchait le soir, mon intérêt diminuait. Je passai de galeries en galeries poudreuses, silencieuses, souvent en ruine ; les objets exposés n'étaient plus parfois que de simples monceaux de rouille ou de lignite, et quelquefois étaient mieux conservés. En un endroit, je me trouvai tout à coup auprès d'un modèle de mine d'étain, et alors, par le plus simple accident, je découvris dans une case hermétique deux cartouches de dynamite ! Je criai : Eurêka ! et plein de joie brisai la vitre du casier. Alors il me vint un doute, j'hésitai ; puis, choisissant une petite galerie latérale, je fis mon essai. Je n'ai jamais éprouvé désappointement pareil à celui que j'eus en attendant cinq, dix, quinze minutes, une explosion qui ne se produisit pas. Naturellement, ce n'étaient que des simulacres, comme j'aurais dû le deviner en les trouvant à cet endroit. Je crois réellement que, n'en eût-il pas été ainsi, je me serais élancé immédiatement et j'aurais été faire sauter le Sphinx, les portes de bronze, et du même coup, comme le fait se vérifia plus tard, mes chances de retrouver la Machine.

« Ce fut, je crois, après cela que je parvins à une petite cour à ciel ouvert, dans l'intérieur du Palais. Sur une pelouse, trois arbres à fruits avaient poussé. Là nous nous reposâmes et les fruits nous rafraîchirent. Vers le coucher du soleil, je commençai à considérer notre position. La nuit nous enveloppait lentement, et j'avais encore à trouver notre refuge inaccessible. Mais cela me troublait fort peu maintenant. J'avais en ma possession une chose qui était peut-être la meilleure de toutes les défenses contre les Morlocks — j'avais des allumettes ! J'avais aussi du camphre dans ma poche, s'il était besoin d'une flamme de quelque durée. Il me semblait que ce que nous avions de mieux à faire était de passer la nuit en plein air, protégés par du feu. Au matin viendrait la conquête de la Machine. Pour cela, je n'avais jusqu'ici que ma massue de fer. Mais maintenant, avec ce que j'avais acquis de connaissances, j'éprouvais des sentiments entièrement différents vis-à-vis des portes de bronze. Jusqu'à ce moment je m'étais abstenu de les forcer, à cause du mystère qu'elles recelaient. Elles ne m'avaient jamais fait l'impression d'être bien solides, et j'espérais que ma barre de fer ne serait pas trop disproportionnée à l'ouvrage. »

CHAPITRE XII

DANS LES TÉNÈBRES

« Nous sortîmes du palais alors que le soleil était encore en partie au-dessus de l'horizon. J'avais décidé d'atteindre le Sphinx Blanc le lendemain matin de bonne heure et je me proposais de traverser avant la nuit la forêt qui m'avait arrêté en venant. Mon plan était d'aller aussi loin que possible ce soir-là, et ensuite de préparer un feu à la lueur duquel nous pourrions dormir. En conséquence, au long du chemin, je ramassai des herbes sèches et des branches dont j'eus bientôt les bras remplis ; ainsi chargé, nous avancions plus lentement que je ne l'avais prévu, et de plus Weena était très fatiguée. Je commençai aussi à sentir un assoupissement me gagner ; si bien qu'il faisait tout à fait nuit lorsque nous atteignîmes l'orée de la forêt. Weena, redoutant l'obscurité, aurait voulu s'arrêter à la lisière ; mais la singulière sensation d'une calamité imminente qui aurait dû, en fait, me servir d'avertissement, m'entraîna en avant. Je n'avais pas dormi depuis deux jours et une nuit, et j'étais fiévreux et irritable ; je sentais le sommeil me vaincre, et avec lui venir les Morlocks.

« Tandis que nous hésitions, je vis parmi les buissons, ternes dans l'obscurité profonde, trois formes rampantes. Il y avait tout autour de nous des broussailles et de hautes herbes, et je ne me sentais pas protégé contre leur approche insidieuse. La forêt, à ce que je supposais, devait avoir un peu plus d'un kilomètre de largeur. Si nous pouvions, en la traversant, atteindre le versant dénudé de la colline, là, me semblait-il, nous trouverions un lieu de repos absolument sûr : je pensai qu'avec mes allumettes et le camphre je réussirais à éclairer mon chemin à travers la forêt. Cependant il était évident que si j'avais à agiter d'une main les allumettes, il me faudrait abandonner ma provision de bois ; aussi, je la posai à terre, bien à contrecœur. Alors me vint l'idée de stupéfier nos amis derrière nous en l'allumant. Je devais bientôt découvrir l'atroce folie de cet acte, mais il se présentait à mon esprit comme une tactique ingénieuse, destinée à couvrir notre retraite.

« Je ne sais pas si vous avez jamais songé à la rareté d'une flamme naturelle en l'absence de toute intervention humaine et sous un climat tempéré. La chaleur solaire est rarement assez forte pour produire la flamme, même quand elle est concentrée par des gouttes de rosée, comme c'est quelquefois le cas en des contrées plus tropicales. La foudre peut abattre et carboniser, mais elle est rarement la cause d'incendies considérables. Des végétaux en décomposition peuvent occasionnellement couver de fortes chaleurs pendant la fermentation ; mais il est rare qu'il en résulte de la flamme. A cette époque de décadence, l'art de produire le feu avait été oublié sur la terre. Les langues rouges qui s'élevaient en léchant le tas de bois étaient pour Weena une chose étrange et entièrement nouvelle.

« Elle voulait en prendre et jouer avec ; je crois qu'elle se serait jetée dedans si je ne l'avais pas retenue. Mais je l'enlevai dans mes bras et, en dépit de sa résistance, m'enfonçai hardiment, droit devant moi, dans la forêt. Jusqu'à une certaine distance la flamme éclaira mon chemin. En me retournant, je pus voir, à travers la multitude des troncs, que de mon tas de brindilles la flamme s'étendait à quelques broussailles adjacentes et qu'une courbe de feu s'avançait dans les herbes de la colline. A cette vue, j'éclatai de rire, et, me retournant du côté des arbres obscurs, je me remis en marche. Il faisait très sombre, et Weena se cramponnait à moi convulsivement ; mais comme mes yeux s'accoutumaient à l'obscurité, il faisait encore suffisamment clair pour que je pusse éviter les troncs. Au-dessus de moi, tout était noir, excepté çà et là une trouée où le ciel bleu lointain brillait sur nous. Je n'allumai pas d'allumettes parce que mes mains n'étaient pas libres. Sur mon bras gauche je portais ma petite amie, et dans ma main droite j'avais ma barre de fer.

« Pendant un certain temps, je n'entendis autre chose que les craquements des branches sous mes pieds, le frémissement de la brise dans les arbres, ma propre respiration et les pulsations du sang à mes oreilles. Puis il me sembla percevoir une infinité de petits bruits autour de moi. Les petits bruits répétés devinrent plus distincts, et je perçus clairement les sons et les voix bizarres que j'avais entendus déjà dans le monde souterrain. Ce devaient être évidemment les Morlocks qui m'enveloppaient peu à peu. Et de fait, une minute après, je sentis un tiraillement à mon habit, puis quelque chose à mon bras ; Weena frissonna violemment et devint complètement immobile.

« C'était le moment de craquer une allumette. Mais pour cela il me fallut poser Weena à terre. Tandis que je fouillais dans ma poche, une lutte s'engagea dans les ténèbres à mes genoux ; Weena absolument silencieuse et les Morlocks roucoulant de leur singulière façon, et de petites mains molles tâtant mes habits et mon dos, allant même jusqu'à mon cou. Alors je grattai l'allumette qui s'enflamma en crépitant. Je la levai en l'air et vis les dos livides des Morlocks qui s'enfuyaient parmi les troncs. Je pris en hâte un morceau de camphre et me tins prêt à l'enflammer dès que l'allumette serait sur le point de s'éteindre. Puis j'examinai Weena. Elle était étendue, étreignant mes jambes, inanimée et la face contre le sol. Pris d'une terreur soudaine, je me penchai vers elle. Elle respirait à peine ; j'allumai le morceau de camphre et le posai à terre ; tandis qu'il éclatait et flamblait, éloignant les Morlocks et les ténèbres, je m'agenouillai et soulevai Weena. Derrière moi, le bois semblait plein de l'agitation et du murmure d'une troupe nombreuse.

« Weena paraissait évanouie. Je la mis doucement sur mon épaule et me relevai pour partir, mais l'horrible réalité m'apparut. En m'occupant des allumettes et de Weena, j'avais tourné plusieurs fois sur moi-même et je n'avais plus maintenant la moindre idée de la direction à suivre. Tout ce que je pus savoir, c'est que probablement je faisais face au Palais de Porcelaine Verte. Une sueur froide m'envahit. Il me fallait rapidement prendre une décision. Je résolus d'allumer un feu et de camper où nous étions. J'adossai Weena, toujours inanimée, contre un tronc moussu, et en toute hâte, avant que mon premier morceau de camphre ne s'éteignît, je me mis à rassembler des brindilles et des feuilles sèches. Ici et là, dans les ténèbres, les yeux des Morlocks étincelaient comme des escarboucles.

« La flamme du camphre vacilla et s'éteignit. Je craquai une allumette et aussitôt deux formes blêmes, qui dans le court intervalle d'obscurité s'étaient approchées de Weena, s'enfuirent, et l'une d'elles fut tellement aveuglée par la lueur soudaine qu'elle vint droit à moi, et je sentis ses os se broyer sous le coup de poing que je lui assenai ; elle poussa un cri de terreur, chancela un moment et s'abattit. J'enflammai un autre morceau de camphre et continuai de rassembler mon bûcher. Soudain je remarquai combien sec était le feuillage au-dessus de moi, car depuis mon arrivée sur la Machine, l'espace d'une semaine, il n'était pas tombé une goutte de pluie. Aussi, au lieu de chercher entre les arbres des brindilles tombées, je me mis à atteindre et à briser des branches. J'eus bientôt un feu de bois vert et de branches sèches qui répandait une fumée suffocante, mais qui me permettait d'économiser mon camphre. Alors je m'occupai de Weena, toujours étendue auprès de ma massue de fer. Je fis tout ce que je pus pour la ranimer, mais elle était comme morte. Je ne pus même me rendre compte si elle respirait ou non.

« La fumée maintenant se rabattait dans ma direction et, engourdi par son âcre odeur, je dus m'assoupir tout d'un coup. De plus il y avait encore dans l'air des vapeurs de camphre. Mon feu pouvait durer encore pendant une bonne heure. Je me sentais épuisé après tant d'efforts et je m'étais assis. La forêt aussi était pleine d'un étourdissant murmure dont je ne pouvais comprendre la cause. Il me sembla que je venais de fermer les yeux et que je les rouvrais. Mais tout était noir et sur moi je sentis les mains des Morlocks. Repoussant vivement leurs doigts agrippeurs, en hâte, je cherchai dans ma poche la boîte d'allumettes... Elle n'y était plus ! Alors ils me saisirent et cherchèrent à me maintenir. En une seconde je compris ce qui s'était passé. Je m'étais endormi et le feu s'était éteint : l'amertume de la mort m'emplit l'âme. La forêt semblait envahie par une odeur de bois qui brûle. Je fus saisi, par le cou, par les cheveux, par les bras, et maintenu à terre ; ce fut une indicible horreur de sentir dans l'obscurité toutes ces créatures molles entassées sur moi. J'eus la sensation de me trouver pris dans une énorme toile d'araignée. J'étais accablé et ne luttais plus. Mais soudain je me sentis mordu au cou par de petites dents aiguës. Je me roulai de côté et par hasard ma main rencontra le levier de fer. Cela me redonna du courage. Je me débattis, secouant de sur moi ces rats humains et, tenant court le levier, je frappai où je croyais qu'étaient leurs têtes. Je sentais sous mes coups un délicieux écrasement de chair et d'os, et en un instant je fus délivré.

« L'étrange exultation qui, si souvent, accompagne un rude combat m'envahit. Je savais que Weena et moi étions perdus, mais je résolus que les Morlocks paieraient cher notre peau. Je m'adossai à un arbre, brandissant ma barre de fer devant moi. La forêt entière était pleine de leurs cris et de leur agitation. Une minute s'écoula. Leurs voix semblèrent s'élever à un haut diapason d'excitation, et leurs mouvements devinrent plus rapides. Pourtant aucun ne passa à portée de mes coups. Je restai là, cherchant à percer les ténèbres, quand tout à coup l'espoir me revint : quoi donc pouvait ainsi effrayer les Morlocks ? Et au même moment, je vis une chose étrange. Les ténèbres parurent devenir lumineuses. Vaguement, je commençai à distinguer les Morlocks autour de moi — trois d'entre eux abattus à mes pieds — et je remarquai alors, avec une surprise incrédule, que les autres s'enfuyaient en flots incessants, à travers la forêt, droit devant moi, et leurs dos n'étaient plus du tout blancs, mais rougeâtres. Tandis que, bouche bée, je les regardais passer, je vis dans une trouée de ciel étoilé, entre les branches, une petite étincelle rouge voltiger et disparaître. Et je compris alors l'odeur du bois qui brûle, le murmure étourdissant qui maintenant devenait un grondement, les reflets rougeâtres et la fuite des Morlocks.

« M'écartant un instant de mon tronc d'arbre, je regardai en arrière et je vis, entre les piliers noirs des arbres les plus proches, les flammes de la forêt en feu. C'était mon premier bivouac qui me rattrapait. Je cherchai Weena, mais elle n'était plus là. Derrière moi, les sifflements et les craquements, le bruit d'explosion de chaque tronc qui prenait feu, laissaient peu de temps pour réfléchir. Ma barre de fer bien en main, je courus sur les traces des Morlocks. Ce fut une course affolante. Une fois, les flammes s'avancèrent si rapidement sur ma droite que je fus dépassé et dus faire un détour sur la gauche. Mais enfin j'arrivai à une petite clairière et, à cet instant même, un Morlock accourut en trébuchant de mon côté, me frôla et se précipita droit dans les flammes.

« J'allais contempler maintenant le plus horrible et effrayant spectacle qu'il me fût donné de voir dans cet âge à venir. Aux lueurs du feu, il faisait dans cet espace découvert aussi clair qu'en plein jour. Au centre était un monticule, un tumulus, surmonté d'un buisson d'épine desséché. Au-delà, un autre bras de la forêt brûlait, où se tordaient déjà d'énormes langues de flamme jaune, qui encerclaient complètement la clairière d'une barrière de feu. Sur le monticule, il y avait trente ou quarante Morlocks, éblouis par la lumière et la chaleur, courant de-ci, de-là, en se heurtant les uns aux autres, dans leur confusion. Tout d'abord, je ne pensai pas qu'ils étaient aveuglés, et avec ma barre de fer, en une frénésie de crainte, je les frappai quand ils m'approchaient, en tuant un et en estropiant plusieurs autres. Mais quand j'eus remarqué les gestes de l'un d'entre eux, tâtonnant autour du buisson d'épine, et que j'eus entendu leurs gémissements, je fus convaincu de leur misérable état d'impuissance au milieu de cette clarté, et je cessai de les frapper.

« Cependant, de temps à autre, l'un d'eux accourait droit sur moi, me donnant chaque fois un frisson d'horreur qui me jetait de côté. Un moment, les flammes baissèrent beaucoup, et je craignis que ces infectes créatures ne pussent m'apercevoir. Je pensais même, avant que cela n'arrivât, à entamer le combat en en tuant quelques-uns ; mais les flammes s'élevèrent de nouveau avec violence et j'attendis. Je me promenai à travers eux en les évitant, cherchant quelque trace de Weena. Mais Weena n'était pas là.

« A la fin, je m'assis au sommet du monticule, contemplant cette troupe étrange d'êtres aveugles, courant ici et là, en tâtonnant et en poussant des cris horribles, tandis que les flammes se rabattaient sur eux. D'épaisses volutes de fumée inondaient le ciel, et à travers les rares déchirures de cet immense dais rouge, lointaines comme si elles appartenaient à un autre univers, étincelaient les petites étoiles. Deux ou trois Morlocks vinrent à trébucher contre moi et je les repoussai à coups de poing en frissonnant.

« Pendant la plus grande partie de la nuit, je fus persuadé que tout cela n'était qu'un cauchemar. Je me mordis et poussai des cris, dans un désir passionné de m'éveiller. De mes mains je frappai le sol, je me levai et me rassis, errai çà et là et me rassis encore. J'en arrivai à me frotter les yeux et à crier vers la Providence de me permettre de m'éveiller. Trois fois, je vis un Morlock, en une sorte d'agonie, s'élancer tête baissée dans les flammes. Mais, enfin, au-dessus des dernières lueurs rougeoyantes de l'incendie, au-dessus des masses ruisselantes de fumée noire, des troncs d'arbres à demi consumés et du nombre diminué de ces vagues créatures, montèrent les premières blancheurs du jour.

« De nouveau, je me mis en quête de Weena, mais ne la trouvai nulle part. Il était clair que les Morlocks avaient laissé son pauvre petit corps dans la forêt. Je ne puis dire combien cela adoucit ma peine de penser qu'elle avait échappé à l'horrible destin qui lui semblait réservé. En pensant à cela, je fus presque sur le point d'entreprendre un massacre des impuissantes abominations qui couraient encore autour de moi, mais je me contins. Ce monticule, comme je l'ai dit, était une sorte d'îlot dans la forêt. De son sommet, je pouvais maintenant distinguer à travers une brume de fumée le Palais de Porcelaine Verte, ce qui me permit de retrouver ma direction vers le Sphinx Blanc. Alors, abandonnant le reste de ces âmes damnées qui se traînaient encore deci de-là, en gémissant, je liai autour de mes pieds quelques touffes d'herbes et m'avançai, en boitant, à travers les cendres fumantes et parmi les troncs noirs qu'agitait encore une combustion intérieure, dans la direction de la cachette de ma Machine. Je marchais lentement, car j'étais presque épuisé, autant que boiteux, et je me sentais infiniment malheureux de l'horrible mort de la petite Weena. Sa perte me semblait une accablante calamité. En ce moment, dans cette pièce familière, ce que je ressens me paraît être beaucoup plus le regret qui reste d'un rêve qu'une perte véritable. Mais ce matin-là, cette mort me laissait de nouveau absolument seul — terriblement seul. Le souvenir me revint de cette maison, de ce coin du feu, de quelques-uns d'entre vous, et avec ces pensées m'envahit le désir de tout cela, un désir qui était une souffrance.

« Mais, en avançant sur les cendres fumantes, sous le ciel brillant du matin, je fis une découverte. Dans la poche de mon pantalon, il y avait encore quelques allumettes qui avaient dû s'échapper de la boîte avant que les Morlocks ne la prissent. »

CHAPITRE XIII

LA TRAPPE DU SPHINX BLANC

« Le matin, vers huit ou neuf heures, j'arrivai à ce même siège de métal jaune d'où, le soir de mon arrivée, j'avais jeté mes premiers regards sur ce monde. Je pensai aux conclusions hâtives que j'avais formées ce soir-là et ne pus m'empêcher de rire amèrement de ma présomption. C'était encore le même beau paysage, les mêmes feuillages abondants, les mêmes splendides palais, les mêmes ruines magnifiques et la même rivière argentée coulant entre ses rives fertiles. Les robes gaies des Eloïs passaient ici et là entre des arbres. Quelques-uns se baignaient à la place exacte où j'avais sauvé Weena, et cette vue raviva ma peine. Comme des taches qui défiguraient le paysage, s'élevaient les coupoles au-dessus du puits menant au monde souterrain. Je savais maintenant ce que recouvrait toute cette beauté du monde extérieur. Très agréablement s'écoulaient les journées pour ses habitants, aussi agréablement que les journées que passe le bétail dans les champs. Comme le bétail, ils ne se connaissaient aucun ennemi, ils ne se mettaient en peine d'aucune nécessité. Et leur fin était la même.

« Je m'attristai à mesurer en pensée la brièveté du rêve de l'intelligence humaine. Elle s'était suicidée ; elle s'était fermement mise en route vers le confort et le bien-être, vers une société équilibrée, avec *sécurité* et *stabilité* comme mots d'ordre ; elle avait atteint son but, pour en arriver finalement à cela. Un jour, la vie et la propriété avaient dû atteindre une sûreté presque absolue. Le riche avait été assuré de son opulence et de son bien-être ; le travailleur, de sa vie et de son travail. Sans doute, dans ce monde parfait, il n'y avait eu aucun problème inutile, aucune question qui n'eût été résolue. Et une grande quiétude s'était ensuivie.

« C'est une loi naturelle trop négligée : la versatilité intellectuelle est le revers de la disparition du danger et de l'inquiétude. Un animal en harmonie parfaite avec son milieu est un pur mécanisme. La nature ne fait jamais appel à l'intelligence que si l'habitude et l'instinct sont insuffisants. Il n'y a pas d'intelligence là où il n'y a ni changement, ni besoin de changement. Seuls ont part à l'intelligence les animaux qui ont à affronter une grande variété de besoins et de dangers.

« Ainsi donc, comme je pouvais le voir, l'homme du monde supérieur avait dérivé jusqu'à la joliesse impuissante, et l'homme subterranéen jusqu'à la simple industrie mécanique. Mais à ce parfait état il manquait encore une chose pour avoir la perfection mécanique et la stabilité absolue. Apparemment, à mesure que le temps s'écoulait, la subsistance du monde souterrain, de quelque façon que le fait se soit produit, était devenue irrégulière. La Nécessité, qui avait été écartée pendant quelques milliers d'années, revint et reprit son œuvre en bas. Ceux du monde subterranéen étant en contact avec une mécanique qui, quelque parfaite qu'elle ait pu être, nécessitait cependant quelque pensée en dehors de la routine, avaient probablement conservé, par force, un peu plus d'initiative et moins des autres caractères humains que ceux du monde supérieur. Ainsi, quand ils manquèrent de nourriture, ils retournèrent à ce qu'une antique habitude avait jusqu'alors empêché. C'est ainsi que je vis une dernière fois le monde de l'année huit cent deux mil sept cent un. Ce peut être l'explication la plus fausse que puisse donner l'esprit humain. C'est de cette façon néanmoins que la chose prit forme pour moi, et je vous la donne comme telle.

« Après les fatigues, les excitations et les terreurs des jours passés, et en dépit de mon chagrin, ce siège, d'où je contemplais le paysage tranquille baigné d'un chaud soleil, m'offrait un fort agréable repos. J'étais accablé de fatigue et de sommeil, si bien que mes spéculations se transformèrent bientôt en assoupissement. M'en apercevant, j'en pris mon parti, et, m'étendant sur le gazon, j'eus un long et réconfortant sommeil.

« Je m'éveillai un peu avant le coucher du soleil. Je ne craignais plus maintenant d'être surpris endormi par les Morlocks, et, me relevant, je descendis la colline du côté du Sphinx Blanc. J'avais mon levier dans une main, tandis que l'autre jouait avec les allumettes dans ma poche.

« Survint alors la chose la plus inattendue. En approchant du piédestal du Sphinx, je trouvai les panneaux de bronze ouverts. Ils avaient coulissé de haut en bas le long de glissières ; à cette vue, je m'arrêtai court, hésitant à entrer.

« A l'intérieur était une sorte de petite chambre, et, dans un coin surélevé, se trouvait la Machine. J'avais les petits leviers dans ma poche. Ainsi, après tous mes pénibles préparatifs pour un siège du Sphinx Blanc, j'étais en face d'une humble capitulation. Je jetai ma barre de fer, presque fâché de n'avoir pu en faire usage.

« Une pensée soudaine me vint à l'esprit tandis que je me baissais pour entrer. Car, une fois au moins, je saisis les opérations mentales des Morlocks. Retenant une forte envie de rire, je passai sous le cadre de bronze et m'avançai jusqu'à la Machine. Je fus surpris de trouver qu'elle avait été soigneusement huilée et nettoyée. Depuis, j'ai soupçonné les Morlocks de l'avoir en partie démontée pour essayer à leur vague façon de deviner son usage.

« Alors, tandis que je l'examinais, trouvant un réel plaisir rien qu'à toucher mon invention, ce que j'attendais se produisit. Les panneaux de bronze remontèrent et clorent l'ouverture avec un heurt violent. J'étais dans l'obscurité — pris au piège. Du moins, c'est ce que croyaient les Morlocks et j'en riais de bon cœur tout bas.

« J'entendais déjà leur petit rire murmurant, tandis qu'ils s'avançaient. Avec beaucoup de calme, j'essayai de craquer une allumette : je n'avais qu'à fixer les leviers de la Machine et disparaître comme un fantôme. Mais je n'avais pas pris garde à une petite chose. Les allumettes qui me restaient étaient de cette sorte abominable qui ne s'allume que sur la boîte.

« Vous pouvez vous imaginer ce que devint mon beau calme. Les petites brutes étaient tout contre moi. L'une me toucha. Les bras tendus et les leviers dans la main, je fis place nette autour de moi, et commençai à m'installer sur la selle de la Machine. Alors une main se posa sur moi, puis une autre. J'avais à me défendre contre leurs doigts essayant avec persistance de m'arracher les leviers et à trouver en tâtonnant l'endroit où ils s'adaptaient. En fait, ils parvinrent presque à m'en arracher un. Mais quand je le sentis me glisser des mains je n'eus, pour le ravoir, qu'à donner un coup de tête dans l'obscurité — j'entendis résonner le crâne du Morlock. Ce dernier effort était, pensais-je, plus sérieux que la lutte dans la forêt.

« Mais enfin le levier fut fixé et mis au cran de

marche. Les mains qui m'avaient saisi se détachèrent de moi. Les ténèbres se dissipèrent et je me retrouvai dans la même lumière grise et le même tumulte que j'ai déjà décrits. »

CHAPITRE XIV

L'ULTIME VISION

« Je vous ai déjà dit quelles sensations nauséeuses et confuses donne un voyage dans le Temps ; et cette fois j'étais mal assis sur la selle, tout de côté et d'une façon peu stable. Pendant ce temps indéfini, je me cramponnai à la Machine qui oscillait et vibrait, sans me soucier de savoir où j'allais, et, quand je me décidai à regarder les cadrans, je fus stupéfait de voir où j'étais arrivé. L'un des cadrans marque les jours, un autre les milliers de jours, un troisième les millions de jours, et le dernier les centaines de millions de jours. Au lieu d'avoir placé les leviers sur la marche arrière, je les avais mis sur la marche avant, et quand je jetai les yeux sur les indicateurs, je vis que l'aiguille des mille tournait — vers le futur — aussi vite que l'aiguille des secondes d'une montre.

« Pendant ce temps, un changement particulier se produisait dans l'apparence des choses. Le tremblotement gris qui m'entourait était devenu plus sombre ; alors, bien que la Machine fût encore lancée à une prodigieuse vitesse, le clignotement rapide qui marquait la succession du jour et de la nuit et indiquait habituellement un ralentissement d'allure revint d'une façon de plus en plus marquée. Tout d'abord, cela m'embarrassa fort. Les alternatives de jour et de nuit devinrent de plus en plus lentes, de même que le passage du soleil à travers le ciel, si bien qu'ils semblèrent s'étendre pendant des siècles. A la fin, un crépuscule continuel enveloppa la terre, un crépuscule que rompait seulement de temps en temps le flamboiement d'une comète dans le ciel ténébreux. La bande de lumière qui avait indiqué le soleil ne se couchait plus — il se levait et s'abaissait seulement quelque peu à l'ouest et il était devenu plus large et plus rouge. Tout vestige de lune avait disparu. Les révolutions des étoiles, de plus en plus lentes, avaient fait place à des points lumineux qui avançaient presque imperceptiblement. Enfin, un peu avant que je ne fisse halte, le soleil rouge et très large s'arrêta immobile à l'horizon, vaste dôme brillant d'un éclat terni et subissant parfois une extinction momentanée. Une fois pourtant, il s'était pendant un peu de temps ranimé et avait brillé avec plus d'éclat, mais pour rapidement reprendre son rouge lugubre. Par ce ralentissement de son lever et de son coucher, je me rendis compte que l'œuvre des marées régulières était achevée. La terre maintenant se reposait, une de ses faces continuellement tournée vers le soleil, de même qu'à notre époque la lune présente toujours la même face à la terre. Avec de grandes précautions, car je me rappelais ma précédente chute, je commençai à renverser la marche. De plus en plus lentement tournèrent les aiguilles, jusqu'à ce que celle des milliers se fût arrêtée, et que celle des jours eût cessé d'être un simple nuage sur son cadran ; toujours plus lentement, jusqu'à ce que les contours vagues d'une grève désolée fussent devenus visibles.

« Je m'arrêtai tout doucement, et, restant assis sur la Machine, je promenai mes regards autour de moi. Le ciel n'était plus bleu. Vers le nord-est, il était d'un noir d'encre, et dans ces ténèbres brillaient vivement et continûment de pâles étoiles. Au-dessus de moi, le ciel était sans astres et d'un ocre rouge profond ; vers le sud-est, il devenait brillant jusqu'à l'écarlate vif là où l'horizon coupait le disque du soleil rouge et immobile. Les rochers, autour de moi, étaient d'une âpre couleur rougeâtre, et tout ce que je pus d'abord voir de vestiges de vie fut la végétation d'un vert intense qui recouvrait chaque flanc de rocher du côté du sud-est. C'était ce vert opulent qu'ont quelquefois les mousses des forêts ou les lichens dans les caves, et les plantes qui, comme celles-là, croissent dans un perpétuel crépuscule.

« La Machine s'était arrêtée sur une grève en pente. La mer s'étendait vers le sud-ouest et s'élevait nette et brillante à l'horizon, contre le ciel blême. Il n'y avait ni vagues, ni écueils, ni brise. Seule, une légère et huileuse ondulation s'élevait et s'abaissait pour montrer que la mer éternelle s'agitait encore et vivait. Et sur le rivage, où l'eau parfois se brisait, était une épaisse incrustation de sel, rose sous le ciel livide. Je me sentis la tête oppressée, et je remarquai que je respirais très vite. Cette sensation me rappela mon unique expérience d'ascension dans les montagnes, et je jugeai par là que l'air devait s'être considérablement raréfié.

« Très loin, au haut de la pente désolée, j'entendis un cri discordant et je vis une chose semblable à un immense papillon blanc s'envoler, voltiger dans le ciel et, planant, disparaître enfin derrière quelques monticules peu élevés. Ce cri fut si lugubre que je frissonnai et m'installai plus solidement sur la selle. En portant de nouveau mes regards autour de moi, je vis que, tout près, ce que j'avais pris pour une masse rougeâtre de roche s'avançait lentement vers moi ; je vis alors que c'était en réalité une sorte de crabe monstrueux. Imaginez-vous un crabe aussi large que cette table là-bas, avec ses nombreux appendices, se mouvant lentement et en chancelant, brandissant ses énormes pinces et ses longues antennes comme des fouets de charretier, et ses yeux proéminents vous épiant de chaque côté de son front métallique. Sa carapace était rugueuse et ornée de bosses tumultueuses, et des incrustations verdâtres la pustulaient ici et là. Je voyais, pendant qu'il avançait, les nombreux palpes de sa bouche compliquée s'agiter et sentir.

« Tandis que je considérais avec ébahissement cette sinistre apparition rampant vers moi, je sentis sur ma joue un chatouillement, comme si un papillon venait de s'y poser. J'essayai de le chasser avec ma main, mais il revint aussitôt et, presque immédiatement, un autre vint se poser près de mon oreille. J'y portai vivement la main et attrapai une sorte de filament qui me glissa rapidement entre les doigts. Avec un soulèvement de cœur atroce, je me retournai et me rendis compte que j'avais saisi l'antenne d'un autre crabe monstrueux, qui se trouvait juste derrière moi. Des mauvais yeux se tortillaient sur leurs tiges proéminentes ; sa bouche semblait animée d'un grand appétit et ses vastes pinces maladroites — barbouillées d'une bave gluante — s'abaissaient sur moi. En un instant, ma main fut sur le levier, et je mis un mois de distance entre ces monstres et moi. Mais j'étais toujours sur la même grève et je les aperçus. Des douzaines d'autres semblaient ramper de tous côtés, dans la sombre lumière, parmi les couches superposées de vert intense.

« Il m'est impossible de vous exprimer la sensation d'abominable désolation qui enveloppait le monde ; le ciel rouge à l'orient, la ténèbre septentrionale, la mer morte et salée, la grève rocheuse encombrée de ces lentes et répugnantes bêtes monstrueuses, le vert uniforme et d'aspect empoisonné des végétations de lichen, l'air raréfié qui vous blessait les poumons, tout cela contribuait à produire l'épouvante. Je franchis encore un siècle et il y avait toujours le même soleil rouge — un peu plus large, un peu plus morne —, la même mer mourante, le même air glacial, et le même grouillement de crustacés rampants, parmi les végétations vertes et les rochers rougeâtres. Et dans le ciel occidental, je vis une pâle ligne courbe comme une immense lune naissante.

« Je continuai mon voyage, m'arrêtant de temps à autre, par grandes enjambées de milliers d'années ou plus, entraîné par le mystère du destin de la terre, guettant avec une étrange fascination le soleil toujours plus large et plus morne dans le ciel d'occident, et la vie de la vieille terre dans son déclin graduel. Enfin, à plus de trente millions d'années d'ici, l'immense dôme rouge du soleil avait fini par occuper presque la dixième partie des cieux sombres. Là, je m'arrêtai une fois encore, car la multitude des grands crabes avait disparu, et la grève rougeâtre, à part ses hépathiques et ses lichens d'un vert livide, paraissait dénuée de vie. Elle était maintenant recouverte d'une couche blanche ; un froid piquant m'assaillit. De rares flocons blancs tombaient parfois en tourbillonnant. Vers le nord-est, des reflets neigeux s'étendaient sous les étoiles d'un ciel de sable et j'apercevais les crêtes onduleuses de collines d'un blanc rosé. La mer était bordée de franges de glace, avec d'énormes glaçons qui voguaient au loin. Mais la vaste étendue de l'océan, tout rougeoyant sous l'éternel couchant, n'était pas encore gelée.

« Je regardai tout autour de moi pour voir s'il restait quelque trace de vie animale. Une certaine impression indéfinissable me faisait rester sur la selle de la Machine. Mais je ne vis rien remuer ni sur la terre, ni dans le ciel, ni sur la mer. Seule la vase verte sur les rochers témoignait que toute vie n'était pas encore abolie. Un banc de sable se montrait dans la mer et les eaux avaient abandonné le rivage. Je me figurai voir quelque objet voleter sur la grève, mais quand je l'observai, il resta immobile ; je crus que mes yeux avaient été abusés et que l'objet noir n'était que quelque fragment de roche. Les étoiles au ciel brillaient intensément et me paraissaient ne scintiller que fort peu.

« Tout à coup je remarquai que le contour occidental du soleil avait changé, qu'une concavité, qu'une baie apparaissait dans sa courbe. Je la vis s'accentuer ; pendant une minute peut-être je considérai, frappé de stupeur, ces ténèbres qui absorbaient la pâle clarté du jour, et je compris alors qu'une éclipse commençait. La lune ou la planète Mercure passait devant le disque du soleil. Naturellement, je crus d'abord que c'était la lune, mais j'ai bien des raisons de croire que ce que je vis était en réalité quelque planète s'interposant très près de la terre.

« L'obscurité croissait rapidement. Un vent froid commença à souffler de l'est par rafales fraîchissantes, et le vol des flocons s'épaissit. Du lointain de la mer s'approcha une ride légère et un murmure. Hors ces sons inanimés, le monde était plein de silence. Du silence ? Il est bien difficile d'exprimer ce calme qui pesait sur lui. Tous les bruits de l'humanité, le bêlement des troupeaux, le chant des oiseaux, le bourdonnement des insectes, toute l'agitation qui fait l'arrière-plan de nos vies, tout cela n'existait plus. Comme les ténèbres s'épaississaient, les flocons, tourbillonnant et dansant devant mes yeux, devinrent plus abondants et le froid de l'air devint plus intense. A la fin, un par un, les sommets blancs des collines lointaines s'évanouirent dans l'obscurité. La brise se changea en un vent gémissant. Je vis l'ombre centrale de l'éclipse s'étendre vers moi. En un autre instant, seules les pâles étoiles furent visibles. Tout le reste fut plongé dans la plus grande obscurité. Le ciel devint absolument noir.

« Une horreur me prit de ces grandes ténèbres. Le froid qui me pénétrait jusqu'aux moelles et la souffrance que me causait chacune de mes respirations eurent raison de moi. Je frissonnai et une nausée mortelle m'envahit. Alors, comme un grand fer rouge, réapparut au ciel le contour du disque solaire. Je descendis de la Machine pour reprendre mes sens, car je me sentais engourdi et incapable d'affronter le retour. Tandis que j'étais là, mal à l'aise et étourdi, je vis de nouveau, contre le fond rougeâtre de la mer, l'objet qui remuait sur le banc de sable : il n'y avait plus maintenant de méprise possible, c'était bien quelque chose d'animé, une chose ronde de la grosseur d'un ballon de football à peu près, ou peut-être un peu plus gros, avec des tentacules traînant par-derrière, qui paraissait noire contre le bouillonnement rouge sang de la mer, et sautillait gauchement de-ci, de-là. A ce moment, je me sentis presque défaillir. Mais la peur terrible de rester privé de secours dans ce crépuscule reculé et épouvantable me donna des forces suffisantes pour regrimper sur la selle. »

CHAPITRE XV

LE RETOUR DE L'EXPLORATEUR

« Et c'est ainsi que je revins. Je dus rester pendant longtemps insensible sur la Machine. La succession clignotante des jours et des nuits reprit, le soleil resplendit à nouveau et le ciel redevint bleu. Je respirai plus aisément. Les contours flottants de la contrée crûrent et décrurent. Les aiguilles sur les cadrans tournaient à rebours. Enfin je vis à nouveau de vagues ombres de maisons, des traces de l'humanité décadente qui elles aussi changèrent et passèrent pendant que d'autres leur succédaient.

« Après quelque temps, lorsque le cadran des millions fut à zéro, je ralentis la vitesse et je pus reconnaître notre chétive architecture familière ; l'aiguille des milliers revint à son point de départ ; le jour et la nuit alternèrent plus lentement. Puis les vieux murs du laboratoire m'entourèrent. Alors, très doucement, je ralentis encore le mécanisme.

« J'observai un petit fait qui me sembla bizarre. Je crois vous avoir dit que lors de mon départ et avant que ma vitesse ne fût très grande, la femme de charge avait traversé la pièce comme une fusée, me semblait-il. A mon retour, je passai par cette minute exacte où elle avait traversé le laboratoire. Mais cette fois chacun de ses mouvements parut être exactement l'inverse des précédents. Elle entra par la porte du bas bout, glissa tranquillement à reculons à travers le laboratoire, et disparut derrière la porte par où elle était auparavant entrée. Un instant avant il m'avait semblé voir Hillyer ; mais il passa comme un éclair.

« Alors j'arrêtai la Machine, et je vis de nouveau autour de moi mon vieux laboratoire, mes outils, mes appareils tels que je les avais laissés ; je descendis de machine tout ankylosé et me laissai tomber sur un siège où, pendant quelques minutes, je fus secoué d'un violent tremblement. Puis je me calmai, heureux de retrouver intact, autour de moi, mon vieil atelier. J'avais dû sans doute m'endormir là, et tout cela n'avait été qu'un rêve.

« Et cependant, quelque chose était changé ! La Machine était partie du coin gauche de la pièce. Elle était maintenant à droite contre le mur où vous l'avez vue. Cela vous donne la distance exacte qui séparait la pelouse du piédestal du Sphinx Blanc dans lequel les Morlocks avaient porté la Machine.

« Pendant un temps, j'eus le cerveau engourdi ; puis je me levai et par le passage je vins jusqu'ici, boitant, mon talon étant toujours douloureux, et me sentant désagréablement crasseux. Sur la table près de la porte, je vis la *Pall Mall Gazette*, qui était bien datée d'aujourd'hui et pendant que je levais les yeux vers la pendule qui marquait presque huit heures, j'entendis vos voix et le bruit des couverts. J'hésitai — me sentant si faible et si souffrant. Alors je reniflai une bonne et saine odeur de viande et j'ouvris la porte. Vous savez le reste. Je fis ma toilette, dînai — et maintenant je vous ai conté mon histoire. »

CHAPITRE XVI

APRÈS LE RÉCIT

« Je sais, dit-il après une pause, que tout ceci est pour vous absolument incroyable ; mais pour moi, la seule chose incroyable est que je sois ici ce soir, dans ce vieux fumoir intime, heureux de voir vos figures amicales et vous racontant toutes ces étranges aventures. »

Il se tourna vers le Docteur :

« Non, dit-il, je ne m'attends pas à ce que vous me croyiez. Prenez mon récit comme une fiction — ou une prophétie. Dites que j'ai fait un rêve dans mon laboratoire ; que je me suis livré à des spéculations sur les destinées de notre race jusqu'à ce que j'aie machiné cette fiction. Prenez mon attestation comme une simple touche d'art destinée à en rehausser l'intérêt. Et, tout bien placé à ce point de vue, qu'en pensez-vous ? »

Il prit sa pipe et commença, à sa manière habituelle, à la taper nerveusement sur les barres du garde-feu. Il y eut un moment de silence. Puis les chaises se mirent à craquer et les pieds à racler le tapis. Je détournai mes yeux de la figure de notre ami et examinai ses auditeurs. Ils étaient tous dans l'ombre et des petites taches de couleur flottaient devant eux. Le Docteur semblait absorbé dans la contemplation de notre hôte. Le Rédacteur en chef regardait obstinément le bout de son cigare — le sixième. Le Journaliste tira sa montre. Les autres, autant que je me rappelle, étaient immobiles.

Le Rédacteur en chef se leva en soupirant.

« Quel malheur que vous ne soyez pas écrivain, dit-il, en posant sa main sur l'épaule de l'Explorateur.

— Vous croyez à mon histoire ?

— Mais...

— Je savais bien que non ! »

L'Explorateur se tourna vers nous.

« Où sont les allumettes ? » dit-il.

Il en craqua une et parlant entre chaque bouffée de sa pipe :

« A vrai dire... j'y crois à peine moi-même... Et cependant !... »

Ses yeux s'arrêtèrent avec une interrogation muette sur les fleurs blanches, fanées, qu'il avait jetées sur la petite table. Puis il regarda le dessus de celle de ses mains qui tenait sa pipe, et je remarquai qu'il examinait quelques cicatrices à moitié guéries, aux jointures de ses doigts.

Le Docteur se leva, vint vers la lampe et examina les fleurs.

« Le pistil est curieux », dit-il.

Le Psychologue se pencha aussi pour voir et étendit le bras pour atteindre l'autre spécimen.

« Diable ! mais il est une heure moins le quart, dit le Journaliste. Comment vais-je faire pour rentrer chez moi ?

— Il y a des voitures à la station, dit le Psychologue.

— C'est extrêmement curieux, dit le Docteur, mais j'ignore certainement à quel genre ces fleurs appartiennent. Puis-je les garder ? »

L'Explorateur hésita, puis soudain ·

« Non certes !

— Où les avez-vous eues réellement ? » demanda le Docteur.

L'Explorateur porta la main à son front, et il parla comme quelqu'un qui cherche à retenir une idée qui lui échappe.

« Elles furent mises dans ma poche par Weena, pendant mon voyage. »

Il promena ses regards autour de la pièce.

« Du diable si je ne suis pas halluciné ! Cette pièce, vous tous, cette atmosphère de vie quotidienne, c'est trop pour ma mémoire. Ai-je jamais construit une Machine, ou un modèle de Machine à voyager dans le Temps ? Ou bien tout cela n'est-il qu'un rêve ! On dit que la vie est un rêve, un pauvre rêve, précieux parfois — mais je puis en subir un autre qui ne s'accorde pas. C'est de la folie. Et d'où m'est venu ce rêve ? Il faut que j'aille voir la Machine si vraiment il y en a une ! »

Brusquement, il prit la lampe et s'engagea dans le corridor. Nous le suivîmes. Indubitablement, là, sous la clarté vacillante de la lampe, se trouvait la Machine, laide, d'aspect trapu et louche, faite de cuivre, d'ébène, d'ivoire et de quartz translucide et scintillant. Rigide au toucher — car j'avançai et essayai la solidité des barres — avec des taches brunes et des mouchetures sur l'ivoire, des brins d'herbe et de mousse adhérant encore aux parties inférieures et l'une des barres faussée.

L'Explorateur posa la lampe sur l'établi, et passa sa main au long de la barre endommagée.

« Parfait : l'histoire que je vous ai contée est donc vraie. Je suis fâché de vous avoir amenés ici au froid. »

Il reprit la lampe, et, dans un silence absolu, nous retournâmes au fumoir.

Il nous accompagna dans le vestibule quand nous partîmes, et il aida le Rédacteur en chef à remettre son pardessus. Le Docteur examinait sa figure et, avec une certaine hésitation, lui dit qu'il devait souffrir de surmenage, ce qui le fit rire de bon cœur. Je me le rappelle, debout sur le seuil, nous souhaitant bonne nuit.

Je pris une voiture avec le Rédacteur en chef, qui jugea l'histoire une superbe invention. Pour ma propre part, il m'était impossible d'arriver à une conclusion. Le récit était si fantastique et si incroyable, la façon de le dire si convaincante et si grave ! Je restai éveillé une partie de la nuit, ne cessant d'y penser, et décidai de retourner le lendemain voir notre voyageur.

Lorsque j'arrivai, on me dit qu'il était dans son laboratoire, et comme je connaissais les êtres, j'allai le trouver. Le laboratoire cependant était vide. J'examinai un moment la Machine et de la main je touchai à peine le levier ; aussitôt cette masse d'aspect solide et trapu s'agita comme un rameau secoué par le vent. Son instabilité me surprit extrêmement et j'eus le singulier souvenir des jours de mon enfance, quand on me défendait de toucher à rien. Je retournai par le corridor. Je rencontrai mon ami dans le fumoir. Il sortait de sa chambre. Sous un bras il avait un petit appareil photographique, et sous l'autre un petit sac de voyage. En m'apercevant, il se mit à rire et me tendit son coude en guise de poignée de main.

« Je suis, dit-il, extrêmement occupé avec cette Machine.

— Ce n'est donc pas une mystification ? dis-je. Vous parcourez vraiment les âges ?

— Oui, réellement et véritablement. »

Il me fixa franchement dans les yeux. Soudain, il hésita. Ses regards errèrent par la pièce.

« J'ai besoin d'une demi-heure seulement, dit-il ; je sais pourquoi vous êtes venu, et c'est gentil à vous. Voici quelques revues. Si vous voulez rester à déjeuner, je vous rapporterai des preuves de mes explorations, spécimens et tout le reste, et vous serez plus que convaincu ; si vous voulez m'excuser de vous laisser seul un moment. »

Je consentis, comprenant alors à peine toute la portée de ses paroles, et, avec un signe de tête amical, il s'en alla par le corridor. J'entendis la porte du laboratoire se refermer, m'installai dans un fauteuil et entrepris la lecture d'un quotidien. Qu'allait-il faire avant l'heure du déjeuner ? Puis tout à coup, un nom dans une annonce me rappela que j'avais promis à Richardson, l'éditeur, un rendez-vous. Je me levai pour aller prévenir mon ami.

Au moment où j'avais la main sur la poignée de la porte, j'entendis une exclamation bizarrement inachevée, un cliquetis et un coup sourd. Une rafale d'air tourbillonna autour de moi, comme je poussais la porte, et de l'intérieur vint un bruit de verre cassé tombant sur le plancher. Mon voyageur n'était pas là. Il me sembla pendant un moment apercevoir une forme fantomatique et indistincte, assise dans une masse tourbillonnante, noire et jaune — une forme si transparente que la table derrière elle, avec ses feuilles de dessin, était absolument distincte ; mais cette fantasmagorie s'évanouit pendant que je me frottais les yeux. La Machine aussi était partie. A part un reste de poussière en mouvement, l'autre extrémité du laboratoire était vide. Un panneau du châssis vitré venait apparemment d'être renversé.

Je fus pris d'une terreur irraisonnée. Je sentais qu'une chose étrange s'était passée, et je ne pouvais pour l'instant distinguer quelle chose étrange. Tandis que je restais là, interdit, la porte du jardin s'ouvrit et le domestique parut. Nous nous regardâmes, et les idées me revinrent.

« Est-ce que votre maître est sorti par là ? dis-je.

— Non, monsieur, personne n'est sorti par là. Je croyais trouver Monsieur ici. »

Alors je compris. Au risque de désappointer Richardson, j'attendis le retour de mon ami ; j'attendis le second récit, peut-être plus étrange encore, et les spécimens et les photographies qu'il rapporterait sûrement. Mais je commence à craindre maintenant qu'il ne me faille attendre toute la vie. L'Explorateur du Temps disparut il y a trois ans, et, comme tout le monde le sait maintenant, il n'est jamais revenu.

CHAPITRE XVII

ÉPILOGUE

On ne peut s'empêcher de faire des conjectures. Reviendra-t-il jamais ? Il se peut qu'il se soit aventuré dans le passé et soit tombé parmi les sauvages chevelus et buveurs de sang de l'âge de pierre ; dans les abîmes de la mer crétacée ; ou parmi les sauriens gigantesques, les immenses reptiles de l'époque jurassique. Il est peut-être maintenant — si je puis employer cette phrase — en train d'errer sur quelque écueil oolithique peuplé de plésiosaures, ou aux bords désolés des mers salines de l'âge triasique. Ou bien, alla-t-il vers l'avenir, vers des âges prochains, dans lesquels les hommes sont encore des hommes, mais où les énigmes de notre époque et ses problèmes pénibles sont résolus ? Dans la maturité de la race : car, pour ma propre part, je ne puis croire que ces récentes périodes de timides expérimentations, de théories fragmentaires et de discorde mutuelle soient le point culminant où doive atteindre l'homme. Je dis : pour ma propre part. Lui, je le sais — car la question avait été débattue entre nous longtemps avant qu'il inventât sa Machine —, avait des idées décourageantes sur le Progrès de l'Humanité, et il ne voyait dans les successives transformations de la civilisation qu'un entassement absurde destiné, à la fin, à retomber et à détruire ceux qui l'avaient construite. S'il en est ainsi, il nous reste de vivre comme s'il en était autrement. Mais pour moi, l'avenir est encore obscur et vide ; il est une vaste ignorance, éclairée, à quelques endroits accidentels, par le souvenir de son récit. Et j'ai conservé, pour mon réconfort, deux étranges fleurs blanches — recroquevillées maintenant, brunies, sèches et fragiles —, pour témoigner que lorsque l'intelligence et la force eurent disparu, la gratitude et une tendresse mutuelle survécurent encore dans le cœur de l'homme et de la femme.

DU MÊME AUTEUR

Aux Éditions Gallimard

ENFANTS DES ÉTOILES (Folio n° 1572)

LE JOUEUR DE CROQUET (Folio n° 1909)

Au Mercure de France

RÉCITS D'ANTICIPATION

LA MACHINE À EXPLORER LE TEMPS (Folio Science-Fiction n° 73 et Folio Bilingue n° 23)

L'ÎLE DU DOCTEUR MOREAU (Folio n° 2917)

LE PAYS DES AVEUGLES (Folio n° 1561)

LA BURLESQUE ÉQUIPÉE DU CYCLISTE (Folio n° 1560)

MISS WATERS (Folio n° 1559)

LES PREMIERS HOMMES DANS LA LUNE (Folio n° 1550)

LA GUERRE DANS LES AIRS (Folio n° 1549)

AU TEMPS DE LA COMÈTE (Folio n° 1548)

L'AMOUR ET M. LEWISHAM (Folio n° 1050)

L'HISTOIRE DE M. POLLY (Folio n° 1014)

LA GUERRE DES MONDES (Folio n° 185 et Folio Plus n° 42)

EFFROIS ET FANTASMAGORIES (L'Imaginaire n° 132)

Chez d'autres éditeurs

L'HOMME INVISIBLE

LE NOUVEL ACCÉLÉRATEUR

LA DESTRUCTION LIBÉRATRICE

ANN VERONICA

LA RUSSIE DANS L'OMBRE

DEUX NOUVELLES D'ANTICIPATION

Dans la même collection

289.	Stefan Wul	*Rayons pour Sidar*
290.	Brian Aldiss	*Croisière sans escale*
291.	Alexander Jablokov	*Sculpteurs de ciel*
292.	Jack Williamson	*Seul contre la Légion* (Ceux de la Légion, III)
293.	Robert Charles Wilson	*Les Chronolithes*
294.	Robert Heinlein	*Double étoile*
295.	Robert Silverberg	*L'homme programmé*
296.	Bernard Simonay	*La porte de bronze*
297.	Karl Schroeder	*Permanence*
298.	Jean-Pierre Andrevon	*Šukran*
299.	Robert Heinlein	*Sixième colonne*
300.	Steven Brust	*Jhereg*
301.	C. S. Lewis	*Au-delà de la planète silencieuse*
302.	Jack Vance	*Les langages de Pao*
303.	Robert Charles Wilson	*Ange mémoire* (INÉDIT)
304.	Steven Brust	*Yendi*
305.	David Brin	*Jusqu'au cœur du Soleil* (Le cycle de l'Élévation, I)
306.	James A. Hetley	*Le Royaume de l'été*
307.	Thierry Di Rollo	*Meddik*
308.	Cory Doctorow	*Dans la dèche au Royaume Enchanté* (INÉDIT)
309.	C. S. Lewis	*Perelandra*
310.	Christopher Priest	*La séparation*
311.	David Brin	*Marée stellaire*
312.	Ray Bradbury	*Les machines à bonheur*
313.	Jack Vance	*Emphyrio*
314.	C. S. Lewis	*Cette hideuse puissance*
315.	Frederik Pohl et C. M. Kornbluth	*Planète à gogos*

316. Robert Holdstock — *Le souffle du temps*
317. Stéphane Beauverger — *Chromozone* (La trilogie Chromozone, I)
318. Michael Moorcock — *Le nomade du Temps*
319. John Varley — *Gens de la Lune*
320. Robert Heinlein — *Révolte sur la Lune*
321. John Kessel — *Lune et l'autre* (INÉDIT)
322. Steven Brust — *Teckla*
323. Mary Gentle — *La guerrière oubliée* (Le livre de Cendres, I)
324. Mary Gentle — *La puissance de Carthage* (Le livre de Cendres, II)
325. Mary Gentle — *Les Machines sauvages* (Le livre de Cendres, III)
326. Mary Gentle — *La dispersion des ténèbres* (Le livre de Cendres, IV)
327. Charles Dickinson — *Quinze minutes*
328. Brian Aldiss — *Le Monde Vert*
329. Elizabeth Moon — *La vitesse de l'obscurité*
330. Stéphane Beauverger — *Les noctivores*
331. Thomas Day — *La maison aux fenêtres de papier* (INÉDIT)
332. Jean-Philippe Jaworski — *Janua vera*
333. Laurent Kloetzer — *Le royaume blessé*
334. Steven Brust — *Les Gardes Phénix*
335. Isaac Asimov — *Fondation* (Le cycle de Fondation, I)
336. Isaac Asimov — *Fondation et Empire* (Le cycle de Fondation, II)
337. Isaac Asimov — *Seconde Fondation* (Le cycle de Fondation, III)
338. Isaac Asimov — *Fondation foudroyée* (Le cycle de Fondation, IV)

339.	Isaac Asimov	*Terre et Fondation* (Le cycle de Fondation, V)
340.	Jack Vance	*La vie éternelle*
341.	Guillaume Guéraud	*La Brigade de l'Œil*
342.	Chuck Palahniuk	*Peste*
343.	Poul Anderson	*Trois cœurs, trois lions*
344.	Pierre Corbucci	*Journal d'un ange*
345.	Elizabeth Hand	*L'ensorceleuse*
346.	Steven Brust	*Taltos*
347.	Stéphane Beauverger	*La cité nymphale* (La trilogie Chromozone, III)
348.	Gene Wolfe	*L'ombre du Bourreau* (Le livre du Nouveau Soleil, I)
349.	Robert Charles Wilson	*Blind Lake*
350.	Alain Damasio	*La Zone du Dehors*
351.	James Patrick Kelly	*Fournaise*
352.	Joëlle Wintrebert	*Le créateur chimérique*
353.	Bernard Simonay	*La Vallée des Neuf Cités*
354.	James Tiptree Jr	*Par-delà les murs du monde*
355.	Gene Wolfe	*La Griffe du demi-dieu* (Le livre du Nouveau Soleil, II)
356.	Gene Wolfe	*L'épée du licteur* (Le livre du Nouveau Soleil, III)
357.	Wayne Barrow	*Bloodsilver*
358.	Ted Chiang	*La tour de Babylone*
359.	Clive Barker	*Le royaume des Devins*
360.	Michael G. Coney	*Péninsule*
361.	Theodore Sturgeon	*Un peu de ton sang*
362.	Robert Charles Wilson	*Spin*
363.	Gene Wolfe	*La citadelle de l'Autarque* (Le livre du Nouveau Soleil, IV)

364.	Francis Berthelot	*Khanaor*
365.	Mélanie Fazi	*Serpentine*
366.	Ellen Kushner	*À la pointe de l'épée*
367.	K. J. Parker	*Les couleurs de l'acier* (La trilogie Loredan, I)
368.	K. J. Parker	*Le ventre de l'arc* (La trilogie Loredan, II)
369.	K. J. Parker	*La forge des épreuves* (La trilogie Loredan, III)
370.	Thomas Day	*Le trône d'ébène*
371.	Daniel F. Galouye	*Simulacron 3*
372.	Adam Roberts	*Gradisil*
373.	Georges Foveau	*L'Enfant Sorcier de Ssinahan* (INÉDIT)
374.	Mathieu Gaborit	*Bohème*
375.	Kurt Vonnegut Jr	*Le pianiste déchaîné*
376.	Olivier Bleys	*Canisse* (INÉDIT)
377.	Mélanie Fazi	*Arlis des forains*
378.	Mike Resnick	*Ivoire*
379.	Catherine L. Moore	*Les aventures de Northwest Smith*
380.	Catherine L. Moore	*Jirel de Joiry*
381.	Maïa Mazaurette	*Dehors les chiens, les infidèles*
382.	Hal Duncan	*Évadés de l'Enfer !* (INÉDIT)
383.	Daniel F. Galouye	*Le monde aveugle*
384.	Philip K. Dick	*Le roi des elfes*
385.	Poppy Z. Brite	*Contes de la fée verte*
386.	Mélanie Fazi	*Notre-Dame-aux-Écailles*
387.	J.G. Ballard	*Le monde englouti*
388.	Jean-Philippe Jaworski	*Gagner la guerre*
389.	Mary Gentle	*L'énigme du cadran solaire*
390.	Stéphane Beauverger	*Le Déchronologue*
391.	Robert Charles Wilson	*La cabane de l'aiguilleur*
392.	Christopher Priest	*L'Archipel du Rêve*

393.	McSweeney's	*Anthologie d'histoires effroyables*
394.	Robert Heinlein	*Marionnettes humaines*
395.	Norbert Merjagnan	*Les tours de Samarante*
396.	Jean-Philippe Depotte	*Les démons de Paris*
397.	Stephen Fry	*Le faiseur d'histoire*
398.	Kelly Link	*La jeune détective et autres histoires étranges*
399.	J.G. Ballard	*Sécheresse*
400.	Fabrice Colin	*Comme des fantômes*
401.	Ray Bradbury	*Les pommes d'or du soleil*
402.	Laurent Genefort	*Mémoria*
403.	Maïa Mazaurette	*Rien ne nous survivra*
404.	Eoin Colfer	*Encore une chose… (H2G2, VI)*
405.	Robert Charles Wilson	*Mysterium*
406.	Serge Lehman	*Le Haut-Lieu et autres espaces inhabitables*
407.	Isaac Asimov	*L'homme bicentenaire*
408.	Catherine Dufour	*L'accroissement mathématique du plaisir*
409.	Ian McDonald	*Brasyl*
410.	James Patrick Kelly	*Regarde le soleil*
411.	Alfred Bester	*L'homme démoli*
412.	Jack Vance	*Les chroniques de Durdane*
413.	Alfred Bester	*Terminus les étoiles*
414.	Isaac Asimov	*Cher Jupiter*
415.	Carol Berg	*L'Esclave* (Les livres des rai-kirah, I)
416.	Ugo Bellagamba	*Tancrède*
417.	Christopher Priest	*Le Glamour*
418.	Catherine Dufour	*Outrage et rebellion*
419.	Robert Charles Wilson	*Axis*

420. Nick DiChario — *La vie secrète et remaraua-ble de Tink Puddah*
421. Thomas Day — *Du sel sous les paupières* (INÉDIT)
422. Pierre Pelot — *La guerre olympique*
423. Jeanne-A Debats — *La vieille Anglaise et le continent*
424. Karl Edward Wagner — *Kane* (L'intégrale, I)
425. Karl Edward Wagner — *Kane* (L'intégrale, II)
426. Karl Edward Wagner — *Kane* (L'intégrale, III)
427. Jean-Claude Dunyach — *Le jeu des sabliers*
428. Jean-Michel Truong — *Le Successeur de pierre*
429. Ray Bradbury — *Un remède à la mélancolie*
430. Roger Zelazny — *Seigneur de Lumière*
431. Clifford D. Simak — *Voisins d'ailleurs*
432. Ian McDonald — *Roi du Matin, Reine du Jour*
433. Thomas Day — *Sympathies for the devil*
434. Hal Duncan — *Velum* (Le Livre de Toutes les Heures, I)
435. Hal Duncan — *Encre* (Le Livre de Toutes les Heures, II)
436. Steven Amsterdam — *Ces choses que nous n'avons pas vues venir*
437. Serge Lehman présente — *Retour sur l'horizon*
438. Carol Berg — *L'insoumis* (Les livres des rai-kirah, II)
439. Henri Courtade — *Loup, y es-tu ?*
440. Lord Dunsany — *La fille du roi des Elfes*
441. Maurice Leblanc — *Le formidable événement*
442. John Varley — *Le système Valentine*
443. Philip K. Dick — *Le dernier des maîtres*
444. Pierre Pevel — *Les Lames du Cardinal* (Les Lames du Cardinal, I)
445. George R. R. Martin, Gardner Dozois & Daniel Abraham — *Le chasseur et son ombre*

446. Loïc Henry	*Loar*
447. Ray Bradbury	*Léviathan 99*
448. Clive Barker	*Hellraiser*
449. Robert Charles Wilson	*À travers temps*
450. Serge Brussolo	*Frontière barbare* (INÉDIT)
451. L. L. Kloetzer	*CLEER*
452. Cédric Ferrand	*Wastburg*
453. Jean-Claude Marguerite	*Le Vaisseau ardent*
454. Jean-Philippe Depotte	*Les jours étranges de Nostradamus*
455. Walter M. Miller Jr.	*L'héritage de saint Leibowitz*
456. Carol Berg	*Le vengeur* (Les livres des rai-kirah, III)
457. Philip K. Dick	*Question de méthode*
458. Leandro Ávalos Blacha	*Berazachussetts*
459. Alden Bell	*Les faucheurs sont les anges*
460. Pierre Pevel	*L'Alchimiste des Ombres* (Les Lames du Cardinal, II)
461. Xavier Mauméjean	*Rosée de feu*
462. Arkadi ct Boris Strougatski	*Stalker*
463. Ian McDonald	*Le fleuve des dieux*
464. Barry Hughart	*La magnificence des oiseaux* (Une aventure de Maître Li et Bœuf Numéro Dix)
465. Serge Brussolo	*Trajets et itinéraires de la mémoire*
466. Barry Hughart	*La légende de la Pierre* (Une aventure de Maître Li et Bœuf Numéro Dix)
467. Jack McDevitt	*Seeker*

Impression CPI Firmin-Didot
à Mesnil-sur-l'Estrée, le 23 avril 2014.
Dépôt légal : avril 2014.
1er dépôt légal : septembre 2001.
Numéro d'imprimeur : 122607.
ISBN 978-2-07-042077-3/Imprimé en France.

267926